Vergessene Reiche®

W0295853

R. A. SALVATORE

DIE SAGA VOM DUNKELELF

BAND 2

EXIL

Story:
R. A. Salvatore

Skript:
Andrew Dabb

Zeichnungen:
Tim Seeley

Tuschezeichnungen:
Rob Atkins
Cory Hamscher
Robert Grabes
Serge LaPointe
Rebekah Isaacs
Johnny Timmons
Shaun Beaudry
Alex McCaffrey

Farben:
Blond

US-Redaktion:
Mark Powers

IMPRESSUM: Die deutsche Ausgabe von ***VERGESSENE REICHE: Die Saga vom Dunkelelf Band 2 – Exil*** wird von der Panini Verlags GmbH herausgegeben, Rotebühlstr. 87, 70178 Stuttgart. Geschäftsbereichsleiter: Max Müller, Chefredakteur: Jo Löffler, Redakteur: Steffen Volkmer, red. Mitarbeit: Sven Hammer, Übersetzung: Oliver Hoffmann und Astrid Mosler, Marketing: Claudia Hieber und Holger Wiest, Lettering & Grafik: Amigo Grafik, Asperg , PR/Presse: Steffen Volkmer, Produktion & Druck: Panini S.p.A., Italien, Vertriebsservice: stella distribution, Hamburg, Fax: 040/808053050, Auslieferung Buchhandel: VVA – Vereinigte Verlagsauslieferung, Gütersloh, **ISBN-10: 3-8332-1438-4, ISBN-13: 978-3-8332-1438-7**; Auslieferung Comic-Fachhandel: Rübartsch & Reiners, Mönchengladbach.
Amerikanische Originalausgabe: ***FORGOTTEN REALMS Vol. 2: The Legend of Drizzt – Exile TPB*** originally published 2006 in the US by Devil's Due Publishing, Inc. Copyright © 2006 Wizards of the Coast. All Rights Reserved. Licensing by Hasbro Properties Group.
No similarity between any of the names, characters, persons and/or institutions in this publication and those of any pre-existing person or institution is intended and any similarity which may exist is purely coincidental. No portion of this publication may be reproduced, by any means, without the express written permission of the copyright holder(s).
www.paninicomics.de

Licensing by:
Hasbro Properties Group
www.paninicomics.de

Vorwort

Vor fast vierzig Jahren (ja genau, schon bevor es überhaupt ein „Dungeons & Dragons"-Spiel gegeben hat) habe ich damit begonnen, etwas zu erschaffen, was ich damals die „Vergessenen Ebenen" nannte. Von Anfang an gab es dort ein „Unterreich", auch wenn ich dieser gewaltigen und gefahrenvollen unterirdischen Welt noch den Namen „Die Unteren Ebenen" oder (in Zwergen-Jargon) „Die Tiefen Ebenen" gegeben hatte. Die „Unteren Reiche" hatten auch schon immer dieses Leuchten: magische Strahlung, die alles dort mit unglaublicher Geschwindigkeit wachsen ließ. Und sie hatten ihre lauernden Monster. Sie hatten sogar böse Elfen (mit todesbleicher, perlmuttweißer Haut), gefühllos, elegant und mit spitzen Ohren.

Dann kam das „D&D"-Spiel, und die klassischen Abenteuer-Reihen - die später gesammelt den Zyklus um die Spinnenkönigin ergaben - und brachten uns die obsidian-häutigen, matriarchalischen, Lolth-anbetenden „Drow".

Anschließend folgte Drizzt Do'Urden, aus der Feder von Bob Salvatore ins impulsive Leben entsprungen und bald schon der Romanklassiker „Homeland", der uns all die dunkle Herrlichkeit von Menzoberranzan offenbarte: Zaknafein, Herrin Malice, Haus Baenre ... die ganze gewalttätige Stadt. Nun waren sie lebendig. Wie ich häufig sagte, sind die „Vergessenen Reiche" keine Orte - es sind Personen. Personen die leben und atmen und für den Leser zum Leben erwachen, sogar wenn sie schuppige Haut, spitze Ohren oder abscheulich seltsame Körper und Ansichten haben.

Bob Salvatore hat der Fantasy mit Drizzt nicht nur einen klassischen Charakter gegeben, er gab uns eine Reihe von großartigen Romanen, von denen einige es wert sind, zwischen den besten Fantasy-Geschichten aller Zeiten zu stehen und jeder Einzelne von ihnen eine fesselnde Geschichte bietet.

In deinen Händen hältst du eine Comic-Adaption von Bobs vielleicht eindrucksvollstem Werk: „Exile", dem mittleren Buch seiner klassischen Dunkelelfen-Trilogie, das von Drizzts Jugend und seiner Flucht aus Menzoberranzan erzählt. - Ich hatte großen Spaß daran, viele der Menzoberranzan-Sets für das „D&D"-Spiel zu kreieren und ich fühle mich, als würde ich die Höhlen und die Unterwelt rundherum kennen. Außerdem bin ich derjenige, der sich die Welt um Lolths dunkle Stadt überhaupt erst erdacht hat, und ich bin schwer zufrieden zu stellen. Genau wie Bob mache ich mir Sorgen, dass jemand einen großartigen Teil der Reiche falsch anpacken und ruinieren könnte. Aber ich bin auch ein langjähriger Comic-Fan (seit wann? Nun, der Preis monatlicher Ausgaben lag noch bei 12 Cent, als ich anfing die Kioske und Läden zu plündern. Ja, mein Bart ist inzwischen weiß). Ich liebe Comics!

Gute Comics sind natürlich, genau wie Filme, ein anderes Medium als prosaische Bücher (deshalb können Filmadaptionen von beliebten Büchern so schwierig sein; ich bin sicher, wir alle können einige schlechte Filme aufzählen, die über den Bildschirm flimmerten). Es ist sicher nicht leicht, einen Roman in einer zufrieden stellenden und erfolgreichen Art und Weise zu adaptieren. Genau wie verschiedene Schauspieler dieselbe Shakespeare-Rolle unterschiedlich spielen oder verschiedene Bands dasselbe Stück auf so unterschiedliche Art covern, dass einige Leute es lieben und andere Leute es hassen werden, so wird nicht jeder jede Comic-Version mögen (Junge, das sind Neuigkeiten, oder?). Ich selbst machte mir mehr Sorgen um schlechte Zeichnungen, als darum, dass die Hälfte des Buches dem Rotstift zum Opfer fallen könnte, um nur wahnsinnige Action-Szenen übrig zu lassen. Und sogar darum, dass das Unterreich und die nun ja pechschwarze Drow-Haut einen visuellen Brei ergeben und zu dunkel für meine alten Augen gezeichnet werden könnten.

Ich hätte mich nicht sorgen müssen. Es ist schön. Andrew Dabb, Tim Seeley, Mark Power: Ihr habt großartige Arbeit geleistet! Genauso wie ihr euch schon „Homeland" angenommen habt (ja, ich habe es gekauft – denn ich bin nicht nur der Erschaffer der Reiche, ich bin ihr größter Fan!). Die Zeichnungen sind liebevoll, die Geschichte schreitet stets voran, ist elegant auf das Wesentliche konzentriert und die Charaktere erwachen zum Leben ... bis sie sterben. Ich bin mit all meinen Befürchtungen falsch gelegen (außer vielleicht bei den wahnsinnigen Action-Szenen: Ihr habt viele wahnsinnige Action-Szenen in eure Adaption gepackt) und ich freue mich schon jetzt auf den nächsten Band „Neuland".

Nun gesellt sich zu dem vielen Lob, das ich Bob vor langer Zeit gegeben habe, ein weiteres Lob. Beide Daumen nach oben – ganz im Ernst, ich habe dasselbe auch schon Leute über Filme sagen hören. Deswegen sag ich es noch mal auf meine Weise: Elminster sagt „OK" und Ed sagt Danke.

Kann kaum abwarten bis es weiter geht.

- Ed Greenwood - (Erschaffer der „Vergessenen Reiche")

US-Forgotten Realms – Covermotiv Exile #1

US-Forgotten Realms – Flip-Covermotiv Exile #1

DU HAST ÜBERLEBT!
DU BIST NICHT WIE DER REST UNSERES VOLKES ZUM HERZLOSEN MÖRDER VERKOMMEN. DU BESITZT NOCH MITLEID – UND UNSCHULD! DU HAST GESIEGT!
DRIZZT DO'URDEN! MEIN SOHN!
ZAKNAFEIN – VATER, ICH VERSTEHE NICHT...
DAS KOMMT NOCH! IRGENDWANN WIRST DU VERSTEHEN, GENAU WIE ICH. WIR ÄHNELN EINANDER SO SEHR...
HERRIN MALICE, DEINE MUTTER, WIRD DEINE TALENTE ZU NUTZEN WISSEN, UND WIR WERDEN SEITE AN SEITE KÄMPFEN.
GEGEN UNSER VOLK? GEGEN DROWELFEN?
ICH WEISS, DIE VORSTELLUNG MACHT DICH KRANK. ABER WAS BLEIBT UNS ÜBRIG?
IN MENZOBERRANZAN HEISST ES TÖTEN ODER GETÖTET WERDEN.

WIR KÖNNTEN FLIEHEN.
WIRKLICH? WOHIN?!
INS UNTERREICH? NIEMAND, NICHT EINMAL EIN WAFFENMEISTER, ÜBERLEBT IN DEN HÖHLEN LANGE.
AN DIE OBERFLÄCHE? UM UNS TÄGLICH DEM SCHMERZHAFTEN INFERNO AUSZUSETZEN?
NEIN, MEIN SOHN, WIR SITZEN IN DER FALLE. ABER JETZT SITZEN WIR WENIGSTENS GEMEINSAM IN DER FALLE. EIN LEBEN LANG WARST DU ALLEIN, DOCH DAS IST JETZT VORBEI.
VORBEI!
SSSSSSSSSSS
SSSSSSSS
Guenhwyvars Brüllen weckte Drizzt, durchbrach die hypnotische Trance, in die ihn der Blick des Basilisken versetzt hatte.
RRRRAWR
Er war nicht bei Zaknafein, nicht in den trügerischen Mauern der grossen Drow-Stadt Menzoberranzan.
Nein, dieser Ort war viel gefährlicher!

Das Unterreich! Zehn Jahre erkundete er nun schon die Grenzen dieser dunklen Welt. Und er hatte sich verändert.
Doch Drizzt erinnerte sich noch an sein früheres Leben, wenn auch nur bruchstückhaft.
Er erinnerte sich, Masoj Hun'ett und Alton DeVir getötet zu haben und an seinen Schwur, nie wieder Drow-Blut zu vergießen.
Er erinnerte sich an seine Entdeckung, dass Herrin Malice Zaknafein ermordet hatte, seinen Vater und einzigen Freund.
Ein Opfer an Lolth, die Spinnenkönigin, die üble Göttin der Dunkelelfen.
Und er erinnerte sich, wie er seine Familie und Menzoberranzan verlassen hatte, die magische Pantherin Guenhwyvar an seiner Seite.

Danach erinnerte er sich an **nichts** mehr. Nur Finsternis und Furcht.
Mit der Zeit hatte Drizzt die Gefahren des schweigenden Unterreichs kennen gelernt.
War **Raubtier** statt Beute geworden.
War den verfluchten Banden seines Volkes entkommen, wie es Zak nie gelungen war.
Doch immer häufiger gab es Tage ... Wochen, in denen er, halb **wahnsinnig** vor Einsamkeit, nur noch wenig Drizzt Do'Urden glich.
In diesen schrecklichen Zeiten war er kaum mehr als ein urtümlicher **Jäger** ... pirschend, tötend, überlebend.
Doch vielleicht, so dachte Drizzt, ist **überleben** ja nicht **alles**.

MENZOBERRANZAN, STADT DER DROW ...
ES SOLLTE LÄNGST BEENDET SEIN.
GEDULD, TOCHTER, JARLAXLE IST SEHR SORGFÄLTIG.
ER IST EIN EHRLOSER SCHURKE OHNE HAUS, HERRIN MALICE, GENAU WIE SEINE BANDE WERTLOSER MÄNNER!
SIE DIENEN UNS GUT, BRIZA. OHNE BREGAN D'AERTHE KÖNNTEN WIR NICHT GEGEN UNSERE FEINDE VORGEHEN.
DURCH SIE KÖNNEN WIR KRIEG GEGEN DAS HAUS HUN'ETT FÜHREN, OHNE DASS ETWAS AUF UNSER HAUS ZURÜCKFÄLLT.
WIR HÄTTEN SIE VOR ZEHN JAHREN OFFEN ANGREIFEN SOLLEN, IN DER NACHT VON ZAKNAFEINS OPFERUNG!
HAST DU VERGESSEN, WIE UNS DIE TATEN DEINES JÜNGEREN BRUDERS IN JENER NACHT LOLTHS WOHLWOLLEN GEKOSTET HABEN?!
NEIN. ABER ICH HABE AUCH NICHT VERGESSEN, DASS DAS HAUS HUN'ETT DAMALS DIE GUNST DER SPINNENKÖNIGIN VERLOR, WEIL DRIZZT ZWEI IHRER MAGIER GETÖTET HAT!
UND WEIL WEDER WIR, NOCH HERRIN SINAFAY ES WAGEN, OHNE DEN SEGEN DER GÖTTIN ANZUGREIFEN...
...HABEN WIR EIN JAHRZEHNT LANG NICHTS GETAN, AUSSER UNSERE SCHATZTRUHEN ZU LEHREN, UM EINE BANDE GESETZLOSER SÖLDNER REICH ZU MACHEN!
ICH GRÜSSE EUCH, HERRIN.

UND BRIZA, ES IST MIR WIE IMMER EIN VERGNÜGEN.
IST ES VOLLBRACHT, JARLAXLE?
LIEBE MATRONE MALICE, ZWEIFELT IHR AN MIR? DAS TRIFFT MICH ZUTIEFST!
DIPREE HUN'ETT IST TOT! DAS ERSTE ADLIGE OPFER DIESES KRIEGES.
ABGESEHEN VON MASOJ HUN'ETT, DEN DRIZZT TÖTETE, UND ZAKNAFEIN DO'URDEN, DER DURCH DEINE EIGENE HAND FIEL, MUTTER.
-:ÄHEM:-
NUN JA, ES WIRD SPÄT, UND WIR MÜSSEN NOCH MEINE BEZAHLUNG REGELN...
DAS MACHT DININ.
DANN WERDE ICH MICH --

BRAKOOM
VER-
DAMMT.
DAS IST HAUS
HUN'ETT!
WIR
WERDEN
ANGEGRIF-
FEN!

SINAFAY STEHT NICHT IN LOLTHS GUNST! SIE WÜRDE ES NICHT WAGEN, GEGEN UNS VORZUGEHEN!
VIELLEICHT SOLLTEST DU DAS IHREN SOLDATEN SAGEN!
RIZZEN?!
WIR SIND ZAHLENMÄSSIG UNTERLEGEN UND IN DER SCHLECHTEREN POSITION! ICH FÜRCHTE, WIR WERDEN UNTERLIEGEN.
DU MUSST DEINE LEUTE RUFEN, JARLAXLE! SCHNELL!
HERRIN, BREGAN D'AERTHE IST EINE GEHEIME VERBINDUNG. WIR FÜHREN NIEMALS OFFEN KRIEG --
ICH ZAHLE, WAS DU WILLST! NENN DEINEN PREIS!

HEUTE NACHT ALSO STERBEN WIR.
RUHIG BLEIBEN, DININ. NOCH IST DIE SCHLACHT NICHT GESCHLAGEN.
TWWEEEEEEEEEE

DEINE MÄNNER HABEN FÜR HAUS HUN'ETT GEKÄMPFT?!
BIS DEINE MUTTER UNS EIN BESSERES ANGEBOT GEMACHT HAT, ALS ES HERRIN SINAFAY JE GEKONNT HÄTTE.
ES IST EIN FINSTERER TAG FÜR ALLE DO'URDENS, DOCH NOCH FINSTERERER FÜR ALLE HUN'ETTS.
ABER ES IST EIN GUTER TAG FÜR SÖLDNER, MEINST DU NICHT?

SIE SIND WEG! DIE SOLDATEN DES HAUSES HUN'ETT HABEN SICH ZURÜCKGE-ZOGEN!
ICH WUSSTE, DASS SIE DAS TUN WÜRDEN, VIERNA.
NUR EIN TÖRICHTES HAUS AGIERT OHNE LOLTHS GUNST!
JA, MAYA, WIR HABEN GESEHEN, WAS MIT JENEN GESCHIEHT, DIE DAS VERGESSEN.
EINE LEKTION, DIE MANCHE VON UNS DRINGEND LERNEN MÜSSTEN.
DOCH FASST MUT, MEINE TÖCHTER. DER ANGRIFF DES HAUSES HUN'ETT IST GESCHEITERT, UND JETZT TRIFFT SIE DER ZORN DES HERRSCHER-RATES.
WIEDER SIEGT DO'URDEN!

Am nächsten Morgen war Malice erfreut, als sie zu Herrin Baenre gerufen wurde – dem Oberhaupt des mächtigsten Hauses Menzoberranzans.
Malice wusste, was kommen würde und hoffte nur, sie würde zusehen dürfen, wie ihre Rivalin, Matrone Sinafay, einen besonders grausamen Tod fand.
WELCH' IRRSINN IST DIES?
DU GEHÖRST HIER NICHT HER, SINAFAY!
HAUS HUN'ETT HAT LETZTE NACHT MEINE FAMILIE ANGEGRIFFEN! ICH HABE VIELE ZEUGEN DAFÜR, ES KANN KEINEN ZWEIFEL GEBEN!
ICH HABE NUR GETAN, WAS DIE SPINNENKÖNIGIN MIR AUFGETRAGEN HAT.
HÄTTE LOLTH DEIN VORGEHEN UNTERSTÜTZT, HÄTTEST DU GESIEGT.
NEIN.
HERRIN BAENRE, ICH FORDERE DAS KLAGERECHT GEGEN HAUS HUN'ETT!

DANN SOLLTE SIE NICHT HIER SEIN!
NACH DEN GESETZEN MENZOBERRANZANS MUSS EIN HAUS, DAS EIN ANDERES ERFOLGLOS ANGREIFT, AUF ANORDNUNG DES HERRSCHENDEN RATES VERNICHTET WERDEN.
DAS IST SCHON GESCHEHEN.
UNSEREN GESETZEN GEMÄSS WURDEN DIE ADLIGEN DES HAUSES HUN'ETT ERSCHLAGEN. DAS WAR DIE ANGEMESSENE VORGEHENSWEISE.
ABER SINAFAY LEBT!
WEIL SIE, ALS SIE DIE KÄMPFE DER VERGANGENEN NACHT ANGEORDNET HAT, DIE WÜNSCHE DER SPINNENKÖNIGIN BEFOLGTE.
ZEHN JAHRE LANG HAT GANZ MENZOBERRANZAN UNTER EURER ANDAUERNDEN PRIVATFEHDE GELITTEN!
DIE INTRIGEN WAREN SCHON LANGE NICHT MEHR SPANNEND. ES MUSSTE ETWAS GESCHEHEN, DESHALB HAT HAUS HUN'ETT ANGEGRIFFEN.
KEINES DER BEIDEN HÄUSER STAND IN LOLTHS GUNST, DESHALB HAT DIE GÖTTIN AUCH NICHT IN EURE SCHLACHT EINGEGRIFFEN. SIE VERLANGTE NUR EINE ENDGÜLTIGE ENTSCHEIDUNG!
WAS WIRD DANN AUS IHR?
GANZ EINFACH, MALICE. SIE WIRD DEINE TOCHTER SEIN.

WAS?!
DEINE ÄLTESTE TOCHTER, HEIMGEKEHRT AUS CHED NASAD ODER EINER ANDEREN STADT UNSERES VOLKES.
VOR VIELEN JAHREN HAT LOLTH KUNDGETAN, DASS SIE WÜNSCHT, DICH IM HERRSCHER-RAT ZU SEHEN, MALICE. NUN, DA HUN'ETT NICHT MEHR IST, IST DO'URDEN DAS ACHTE HAUS MENZOBERRANZANS, UND ES WIRD WAHR WERDEN.
DOCH BEGREIFE DEIN DILEMMA: DU HAST MEHR ALS DIE HÄLFTE DEINER TRUPPEN VERLOREN, UND JEDER WEISS, DASS DU NOCH IMMER NICHT IN DER GUNST DER SPINNEN-KÖNIGIN STEHST.
WAS GLAUBST DU, WIE LANGE ES DAUERT, BIS EINES DER KLEINEREN HÄUSER GEGEN DICH VOR-GEHT?
DESHALB GEBE ICH DIR SINAFAY HUN'ETT... WIEDERGEBOREN ALS SHI'NAYE DO'URDEN... EINE NEUE HOHEPRIESTERIN, UND DIE FÜNFZIG VERBLEIBENDEN SOLDATEN DES HAUSES HUN'ETT ALS UNTERSTÜTZUNG.
ICH HABE LOLTHS WÜNSCHE GEACHTET, MALICE. DU SITZT NUN IM HERRSCHENDEN RAT.
DOCH WENN DU DEN SITZ BEHALTEN WILLST, SOLLTEST DU DER SPINNENKÖNIGIN BESSER GEBEN, WAS SIE BEGEHRT.
DU WIRST DEINEN VERLORENEN SOHN FINDEN UND IHM DAS HERZ HERAUS-REISSEN!
NUN GEH!
KOMM, MUTTER, ICH WILL DRINGEND NACH HAUSE.

In den letzten drei Jahren war die untere Ebene einer kleinen Höhle, gesegnet mit einem Bach voller Fische und einer **Rothé**-Herde, Drizzts **Heimat**, in der er weder Durst noch Hunger leiden musste.
Ein solcher Ort war in der Wildnis des **Unterreichs** eine wahre **Oase**, und Drizzt war mehrfach gezwungen gewesen, ihn auf Leben und Tod zu verteidigen.
Und doch gehörte er ihm nicht allein.
Auf der oberen Ebene lebte ein Mykoniden-Clan, stumme Pilzmenschen, die ihre Pilzhaine pflegten und den Dunkelelfen, der unmittelbar unter ihnen lebte, betont ignorierten.
Eine **Höflichkeit**, die Drizzt erwiderte.
Doch selbst in dieser relativen Ruhe fand Drizzt nur selten **Frieden**.
So oft wie möglich beschwor er **Guenhwyvar**. Nur in ihrer Gegenwart fühlte sich Drizzt fast **normal**.
Doch es zehrte an der Kraft der Pantherin, auf der materiellen Ebene zu sein. Nach ein paar Stunden bereits, war sie jeweils gezwungen, in ihre **Astral-Heimat** zurückzukehren und zu ruhen.
Drizzt blieb alleine zurück.
In diesen **einsamen Zeiten**, nur umgeben von Finsternis und Stille, verblasste Drizzt, und **der Jäger** nahm Gestalt an.

Der Jäger war eine **primitive Kreatur**, getrieben von Instinkt und Zorn.
Im Unterreich, wo nur die **Stärksten** überleben ...
... konnte **niemand** den Jäger besiegen.
In diesem Zustand war Drizzt alles **egal**.
Die Vergangenheit. Die Zukunft.
Tag und Nacht waren eins, und alle Tage im Leben des Jägers waren eins.
So verging die Zeit ...

WIE VIELE WOCHEN SCHON, BRIZA?
WIE VIELE WOCHEN DURCHSTÖBERN WIR DIESE TUNNEL JETZT NACH UNSEREM ABTRÜNNIGEN BRUDER? FÜNF?
UND DIE GANZE ZEIT SITZT SINAF-- SHI'NAYE AN HERRIN MALICES SEITE WIE EINST DU --
HÜTE DEINE ZUNGE, DININ.
HERRIN MALICE HÄTTE NICHTS GEGEN DEINEN TOD. IHRE SÖHNE HABEN IHR IMMER NUR ÄRGER BEREITET!
ENT... ENTSCHULDIGUNG.
ICH TRAUE --
HUUH
DER HUN'ETT EINFACH NICHT. SIE IST NICHT LOYAL.
TÖRICHTER MANN! SHI'NAYE IST HOHEPRIESTERIN, SIE IST NUR LOLTH TREU! GENAU WIE ICH UND UNSERE MUTTER!

UNSERE HERRIN TUT ALLES, DAMIT HAUS DO'URDEN DIE GUNST DER SPINNENKÖNIGIN UND SEINEN RUHM ZURÜCK-GEWINNT!
JA, NATÜRLICH.
IN WIRKLICHKEIT TUT ES MIR EINFACH NUR WEH, DASS MEINE SCHWESTERN, DIE WAHREN DO'URDENS, IN DER HIERARCHIE GEFALLEN SIND, UM RAUM FÜR SIE ZU SCHAFFEN.
SHI'NAYES RANG INNERHALB DER FAMILIE GEHT DICH NICHTS AN!
SIE WIRD IHRE PFLICHT ERFÜLLEN, GENAU WIE WIR, INDEM WIR --
ER IST HIER!
DAS ARTEFAKT IST NAH.

SIE MÜSSEN MICH MAGISCH AUFGESPÜRT HABEN, ABER WIE?
ICH BIN KAUM NOCH DER DROW, DEN SIE ALS BRUDER KANNTEN. IM ÄUSSEREN NICHT UND NICHT IM DENKEN.
WAS KÖNNTEN SIE SPÜREN, DAS VERTRAUT GENUG WÄRE, UM IHREN ZAUBER ZU LEITEN?
SELBST MEIN PIWAFWI IST ZUR UNKENNTLICHKEIT ZERLUMPT.
DAS EINZIGE, DAS MICH NOCH ZU EINEM DO'URDEN MACHT, IST ...
... MEIN EMBLEM.
ER ENTFERNT SICH!
IHR DREI, NACH RECHTS! DER REST NIMMT DEN LINKEN KORRIDOR! SCHNELL!
DININ?!
DRIZZT KANN NICHT EWIG FLIEHEN.
NOCH EIN PAAR TAGE, UND WIR FINDEN IHN AUSSER ATEM IN EINEM FINSTEREN LOCH!
WOMP

WAS WILLST DU HIER, BRIZA?
ICH -- ICH SUCHE NATÜRLICH DICH, BRUDER.
DER KRIEG MIT HAUS HUN'ETT IST ENDLICH VORBEI. ES IST ZEIT HEIMZUKEHREN.
H-HEIM?
WIR BRAUCHEN DICH. DU BIST JETZT WAFFENMEISTER DES HAUSES DO'URDEN.
ZAK WAR WAFFENMEISTER, UND IHR HABT IHN ERMORDET!
GEH HEIM ZU UNSERER ARMSELIGEN MUTTER!
GEH HEIM UND SAG IHR, SIE SOLL MICH NIE WIEDER SUCHEN!
VERDAMMT SEIST DU, DRIZZT DER ABTRÜNNIGE!

GIB AUF!
Die sechs Vipernköpfe von Brizas Schlangenpeitsche wirbelten und zuckten auf der Suche nach dem besten Angriffswinkel.
Sie bewegten sich so schnell und präzise, dass Drizzt nicht hoffen durfte, sie alle zu parieren ...
... wohl aber der Jäger, der Champion des Unterreichs.
VERDAMMT!

VER-
DAMMT!
AAAGH!
SHUK
LOS, BRING
ES ZU
ENDE.
ICH...
ICH...
NEIN!

MEIN EID...
...FAST HÄTTE ICH IHN GEBROCHEN.
TROTZ MEINES SCHWURS, NIE WIEDER DROW-BLUT ZU VERGIESSEN, HÄTTE ICH SIE FAST GETÖTET.
WAS IST AUS MIR GEWORDEN?

Ruhelos wanderte Drizzt die nächsten Tage umher.
Er blieb in Bewegung, wagte nicht, in seine Zuflucht zurückzukehren - jene kleine Höhle, in der er lebte.
Herrin Malice jagte ihn noch immer, dessen war Drizzt sich **sicher**.
Sie würde **nie** aufgeben.
Doch er fürchtete seine Mutter nicht.
Hier draußen in der Wildnis des Unterreichs konnte Drizzt jede Nemesis, die sie ihm auf den Hals hetzte, **bekämpfen** oder sich davor **verstecken**.
Dennoch verspürte er Furcht, so allein in der Finsternis.
Er wusste, dass in seiner **Seele** eine **Schlacht** tobte -- eine, die Drizzt Do'Urden im Begriff war, zu **verlieren**.
Und egal, wie weit oder wie schnell er rannte, vor **sich selbst** konnte er sich nicht verstecken.

Es waren Svirfnebli, Tiefengnome.
Vor langer Zeit hatte Drizzt eine Drow-Patrouille gegen eine ihrer Bergbauexpeditionen geführt. Nur ihr Anführer hatte die Schlacht überlebt.
Drizzt bat seine Dunkelelfenbrüder, die Kreatur nicht zu töten, und sie hatten eingewilligt.
Stattdessen hackten sie ihm die Hände ab.
So sieht bei den Drow Gnade aus.
Drizzt folgte ihnen tagelang unauffällig.
In seinem Hinterkopf wisperte der Jäger; warnte ihn vor der Gefahr. doch Drizzt war das egal.
Die Stimmen der Tiefengnome – ihr Lachen – waren wie süße Musik. Eine Melodie, die er vergessen hatte. Doch jetzt, da er sie wieder gehört hatte, wollte, nein konnte er nicht mehr ohne sie leben.
Dann endete die Reise plötzlich.
Die Svirfnebli waren heimgekommen, in ihre Festungsstadt Blingdenstein.
Und Drizzt wusste, was er zu tun hatte.

KOMM.
ICH WOLLTE MICH VERABSCHIEDEN, GUENHWYVAR.
ICH KANN DA DRAUSSEN NICHT LÄNGER LEBEN. ICH FÜRCHTE, ICH VERLIERE SONST ALLES, WAS DIESEM LEBEN SINN GIBT – ICH FÜRCHTE, ICH VERLIERE MICH SELBST.
UND DAS IST MIR NOCH KOSTBARER ALS MEIN LEBEN, VERSTEHST DU?
ICH KANN IN DER FINSTERNIS ÜBERLEBEN, ABER ICH BRAUCHE MEHR.
DIESER WILDE JÄGER, DER SICH IN MIR REGT, IST KAUM MEHR ALS EIN HERZLOSER MÖRDER.
WENN ICH DAZU WERDE, WERDE ICH GENAU DAS SCHICKSAL ERLEIDEN, DAS ZU VERMEIDEN ICH MENZOBERRANZAN VERLIESS.
DESHALB HABE ICH DIESE ENTSCHEIDUNG GETROFFEN, MEINE EINZIGE WAHRE FREUNDIN.
ICH HOFFE, WIR WERDEN UNS EINES TAGES WIEDERSEHEN.
PURRR

Drizzt wusste, sie würden ihn höchstwahrscheinlich töten.
Drow waren die Erzfeinde der Tiefengnome. Sie hätten allen Grund, ihn ohne weitere Fragen anzugreifen.
Doch davor hatte Drizzt keine Angst – zumindest nicht so sehr wie vor dem, was ihn dort hinten, in der schrecklichen Einsamkeit des Unterreichs, erwarten würde.
So ging er weiter und hoffte das Beste.

HAUS DO'URDEN ...
DU HAST MICH ENTTÄUSCHT, BRIZA!
NICHT EINMAL MIT DININ UND SECHS AUSGEBILDETEN DROWKRIEGERN KONNTEST DU DRIZZT ZURÜCKBRINGEN!
ICH WERDE IHN GEFANGEN NEHMEN, MUTTER.
HA!
DU HÄTTEST NICHT DEN HAUCH EINER CHANCE, MAYA. KEINER VON UNS.
ES STIMMT, HERRIN. SEIT DRIZZT MENZOBERRANZAN VERLASSEN HAT, HABEN SICH SEINE FERTIGKEITEN VERZEHNFACHT.
HAST DU ANGST?
ICH WEISS, DASS ICH EINE WEITERE BEGEGNUNG MIT IHM IN DIESEN HÖHLEN NICHT ÜBERLEBEN WERDE UND DASS DIES HAUS DO'URDEN NUR NOCH WEITER SCHWÄCHEN WÜRDE.
UND DU, BRIZA? DU HAST LOLTHS WOHLWOLLEN!
ABER NICHT EINMAL MEHR LOLTH KANN DRIZZT JETZT NOCH ERREICHEN. DIE WILDNIS DES UNTERREICHS IST SEINE DOMÄNE, DA DRAUSSEN ERWISCHEN WIR IHN NIE.
KÖNNTEN JARLAXLE UND SEINE BANDE --?
UM KEINEN PREIS. ICH HABE BEREITS GEFRAGT.
ALSO WERDET IHR -- WERDEN WIR EINFACH AUFGEBEN?
NEIN. ES GIBT NOCH EINEN WEG.

PAMPF
WARUM RUFST DU MICH, MALICE DO'URDEN?!
UM EINEN FEHLER AUSZUMERZEN, OH DIENERIN LOLTHS! UM IHRE GUNST WIEDERZUERLANGEN!
MEIN JÜNGSTER SOHN HAT GEGEN DIE SPINNENKÖNIGIN GEFREVELT. ER MUSS FÜR SEINE TATEN BEZAHLEN.
UND WAS WILLST DU VON MIR?
ICH WILL, DASS DIE TOTEN WIEDER WANDELN.
ICH WILL ZIN-CARLA!

DU, DIE DU LOLTH MISSFALLEN HAST, WAGST ES, UM UNSERE GRÖSSTE GUNST ZU BITTEN?!
DRIZZT SOLL ERFAHREN, WIE WEIT ER VOM WEGE ABGEKOMMEN IST UND WIE MÄCHTIG JENE SIND, DIE ER SICH ZUM FEINDE GEMACHT HAT!
LASST MEINEN SOHN DIE GANZE SCHRECKLICHE PRACHT VON LOLTH SEHEN, AUF DASS ER AUF DIE KNIE FÄLLT UND UM GNADE WINSELT.
ERST DANN WIRD DER GEISTER-TODESALB EIN SCHWERT IN SEIN HERZ STOSSEN!
DU WILLST ALSO, DASS SICH ZAKNAFEIN, DER WAFFENMEISTER, DEN DU DER SPINNENKÖNIGIN GEOPFERT HAST, WIEDER ERHEBE, UM DIE FEHLER DEINES JÜNGSTEN SOHNES ZU KORRIGIEREN?
WIE PASSEND.
ZIN-CARLA ERFORDERT EIN GROSSES OPFER.
NATÜRLICH.
ABER... NEIN!
ICH BIN DER PATRON DIESES HAUSES!
DEN ZEREMONIENDOLCH, SHI'NAYE.

GROSSE GÖTTIN LOLTH, NIMM DIESE GABE AN.
AKZEP-TIERE DIE-SES...
...OPFER!
THK
HAHA! WIE TÜCKISCH!
DU HAST HEUTE LOLTHS GUNST ZWAR NICHT WIEDERGEWONNEN, MALICE DO'URDEN, ABER WIR SIND AMÜSIERT.
DEINE PLÄNE FÜR DEINEN GÖTTINNENLÄSTERNDEN SOHN SIND ANGEMESSEN, ABER WISSE: DIES IST DEINE LETZTE GELEGENHEIT.
UND DEINE GRÖSSTEN ÄNGSTE KOMMEN DER WAHRHEIT ÜBER DIE KONSEQUENZEN EINES MÖGLICHEN SCHEITERNS NICHT EINMAL AN-NÄHERND NAHE.
ZIN-CARLA IST GEWÄHRT!

TIEF IN DER STADT BLINGDENSTEIN...
WAS IST DAS?
Die Tiefengnome hatten ihn nicht getötet. Zumindest noch nicht. Das tröstete Drizzt zwar, doch der Jäger in ihm raste.
SIE HEISST GUENHWYVAR. RUFT DIE PANTHERIN, UND SIE KOMMT ALS VERBÜNDETE UND FREUNDIN.
HEBT ES GUT AUF, DENN ES IST SEHR MÄCHTIG.
Im Hinterkopf des gefesselten und waffenlosen Drizzt tobte und schrie die Bestie, versuchte sich befreien.
ER SAGT DIE WAHRHEIT.
...EIN SOLCHES ARTEFAKT AUFZUGEBEN...
...EIN TRICK...
...EIN SPION...
...ODER IDIOT...
Doch diesmal war Drizzt stärker.
BEI DEN STEINEN, DUNKELELF, WARUM BIST DU HIER?
WEIL... WEIL ICH NIRGENDS ANDERS HIN KONNTE.

DU KAMST AUS DEINER HEIMAT *MENZOBERRANZAN?*
ES WAR *NIE* MEINE HEIMAT.
DOCH JA, ICH LEBTE VIELE JAHRE IN DER STADT DER DROW. ICH BIN *DRIZZT DO'URDEN*, EINST ZWEITER NACHKÖMMLING DES HAUSES DO'URDEN.
UNSEREN INFORMATIONEN NACH GIBT ES HAUS DO'URDEN NOCH! DU BIST KEIN ABTRÜNNIGER! DU BIST EIN *SPION!*
ICH BIN EIN ABTRÜNNIGER AUS *FREIEM WILLEN*. ICH HABE DEN BÖSEN WEGEN MEINES VOLKES ABGESCHWOREN.
ER IST NICHT WIE ANDERE DROW, ZUMINDEST WIE KEINER, DEN ICH JE SAH.
...LUG, TRUG...
...WIR MÜSSEN IHN *ABURTEILEN*...
...JA...
UNSER *KÖNIG* WIRD ÜBER DEIN SCHICKSAL ENTSCHEIDEN, DUNKELELF.
UND OBGLEICH ICH DIR GLAUBE UND UM GNADE FÜR DICH BITTEN WERDE, VERMUTE ICH, DASS MAN DICH *HINRICHTEN* WIRD.
ES SEI.

WARTET!
EIN TIEFENGNOM AUS EURER STADT --
DU KENNST EINEN MEINER LEUTE, DUNKELELF? NENNE SEINEN NAMEN.
ICH WEISS SEINEN NAMEN NICHT.
VOR VIELEN JAHREN GEHÖRTE ICH EINER PATROUILLE AN. WIR KÄMPFTEN MIT EINER GRUPPE SVIRFNEBLI, DIE IN UNSER GEBIET EINGEDRUNGEN WAR.
NUR EINER VON IHNEN ÜBERLEBTE UND KEHRTE NACH BLINGDENSTEIN ZURÜCK, SOWEIT ICH WEISS.
WIESO ERZÄHLST DU MIR DAS? ICH HIELT DICH FÜR ANDERS ALS...
ER VERLOR SEINE HÄNDE IM KAMPF! IHR MÜSST IHN KENNEN!
BELWAR DISSENGULP?!
DANN LEBT ER? ER ERINNERT SICH VIELLEICHT --
ER WIRD DIESEN VERFLUCHTEN TAG NIEMALS VERGESSEN, DUNKELELF!
KEINER VON UNS WIRD DAS.
BITTE HOLT IHN!
HOLT BELWAR DISSENGULP!

HAUS DO'URDEN ...
HÖRE MICH, LOLTH, GRÖSSTE ALLER GÖTTINNEN.
WIR HABEN MÄCHTIGE ZAUBER GEWIRKT UND DEN LEIB MIT KOSTBAREN ÖLEN GESALBT, WIE DU ES VERLANGTEST.
NUN BITTEN WIR DICH, ENTHÜLLE DIE WUNDER DES ZIN-CARLA!
ERWECKE DEN GEISTER-TODESALB.
ZAKNAFEIN!
ER IST ES!

HÜBSCH WIE ZU LEBZEITEN.
UND GEHORSAMER, DENN JETZT BEFOLGT ER DEINE BEFEHLE OHNE ZÖGERN, HERRIN.
WIR WERDEN SEHEN.
RIZZEN IST SEIT VIELEN JAHREN AN MEINER SEITE, DOCH ER LANGWEILT MICH.
TÖTE IHN, MEIN SKLAVE.
WAS? MALICE?!
TOK
SO GUT WIE ZU LEBZEITEN.
BESSER.
SIEH DAS GESCHENK UNSERER GÖTTIN. NICHTS IM GESAMTEN UNTERREICH – NICHTS AUF DER WELT KANN IHN AUFHALTEN!
WIR WERDEN IHN SOFORT LOS-LASSEN...
ER WIRD DRIZZT GNADENLOS HETZEN, OHNE MITLEID, UND IHN VERNICHTEN!
DER VATER WIRD DEN SOHN TÖTEN!

WILLKOMMEN, HOCHVEREHRTER HÖHLENVATER, ES IST UNS EINE EHRE --
NUN MACH SCHON DIE VERFLUCHTE TÜR AUF!
MAGGA CAMMARA, DU BIST ES!
B-BELWAR?
JA, UND DU BIST DER PURPURÄUGIGE DROW, DER MEINEN ERDELEMENTAR BESIEGT UND SEINE KAMERADEN ÜBERZEUGT HAT, MIR DIE HÄNDE STATT DES KOPFES ABZUSCHLAGEN.
ES TUT MIR LEID.
BAH!
DEINE WORTE HABEN AN JENEM TAG MEIN LEBEN GERETTET, UND DAS HABE ICH NICHT VERGESSEN.
AUSSERDEM HABE ICH JETZT NEUE HÄNDE.

KÖNIG SCHNICKTICK HAT BESCHLOSSEN, DICH HINRICHTEN ZU LASSEN. ER GLAUBT, DASS DU UNS NICHTS BÖSES WILLST, DASS ABER DIE GEFAHR, EINEN DUNKELELFEN IN BLINGDENSTEIN ZU HABEN, ZU GROSS SEI.
DAS DACHTE ICH MIR SCHON. ICH WERDE KEINEN WIDERSTAND LEISTEN.
NEIN, DENN DU WIRST HEUTE NICHT STERBEN.
WAS?
VOR ZEHN JAHREN HAST DU MIR DAS LEBEN GERETTET, DRIZZT DO'URDEN. DIE EHRE VERLANGT, DASS ICH DASSELBE TUE.
ICH HABE DIE VERANTWORTUNG ÜBERNOMMEN, DEIN HÜTER ZU SEIN.
ZUERST WIRST DU GAST IN MEINEM HAUS SEIN, UND WER WEISS, WAS DANN GESCHIEHT.
ALSO... WERDE ICH NICHT STERBEN?
NUR, WENN DU SELBST DEN TOD ÜBER DICH BRINGST.

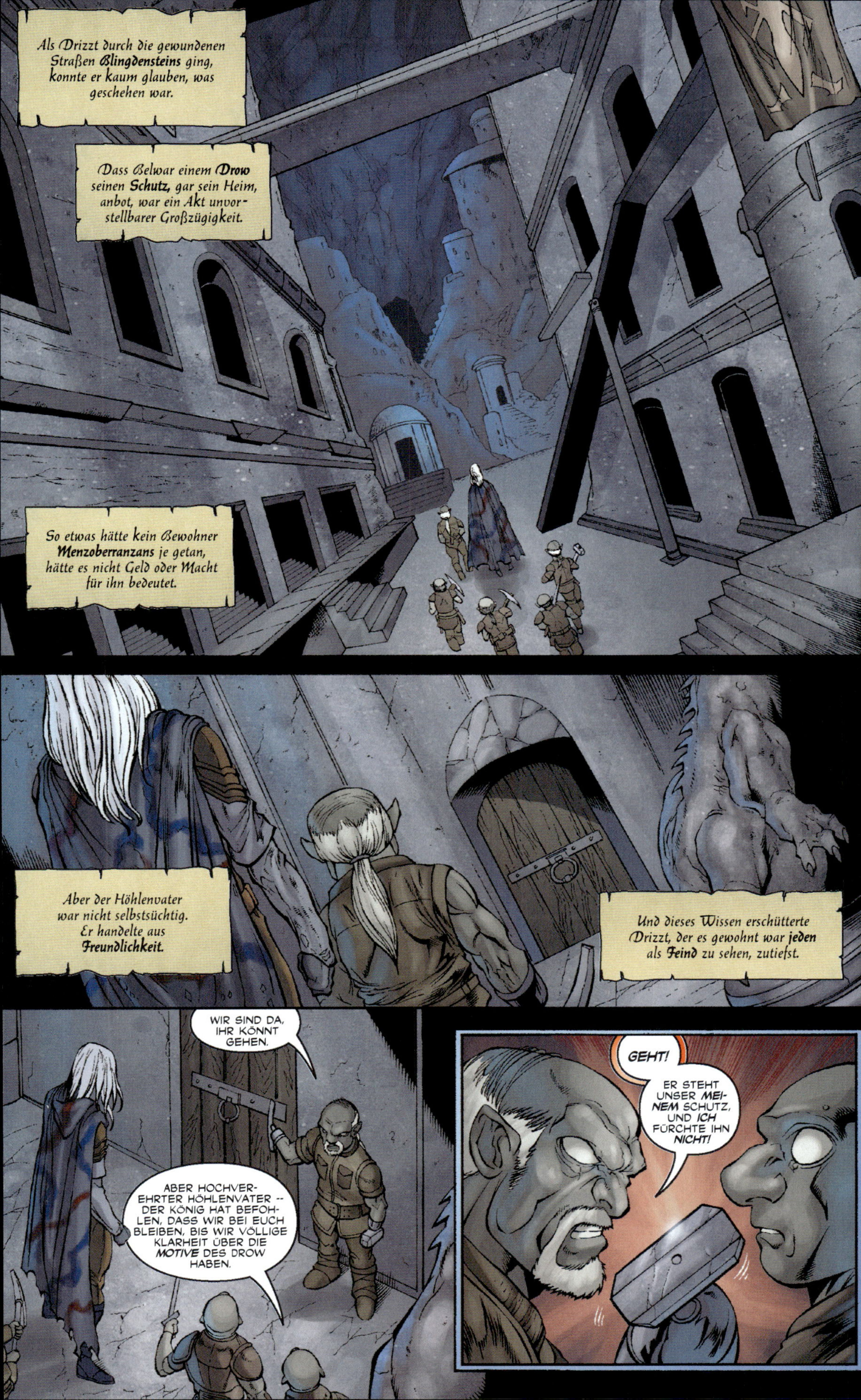

Als Drizzt durch die gewundenen Straßen Blingdensteins ging, konnte er kaum glauben, was geschehen war.
Dass Belwar einem Drow seinen Schutz, gar sein Heim, anbot, war ein Akt unvorstellbarer Großzügigkeit.
So etwas hätte kein Bewohner Menzoberranzans je getan, hätte es nicht Geld oder Macht für ihn bedeutet.
Aber der Höhlenvater war nicht selbstsüchtig. Er handelte aus Freundlichkeit.
Und dieses Wissen erschütterte Drizzt, der es gewohnt war jeden als Feind zu sehen, zutiefst.
WIR SIND DA, IHR KÖNNT GEHEN.
ABER HOCHVEREHRTER HÖHLENVATER -- DER KÖNIG HAT BEFOHLEN, DASS WIR BEI EUCH BLEIBEN, BIS WIR VÖLLIGE KLARHEIT ÜBER DIE MOTIVE DES DROW HABEN.
GEHT!
ER STEHT UNSER MEINEM SCHUTZ, UND ICH FÜRCHTE IHN NICHT!

SIE MACHEN SICH ZU VIELE GEDANKEN ÜBER MEINE SICHERHEIT.
WIE LANGE WARST DU AUS DEINER STADT WEG, DRIZZT?
DU WEISST --?
ICH SEHE DAS WILDE FUNKELN IN DEINEN AUGEN.
JAHRE -- IN DEN WEITEN GÄNGEN DES UNTERREICHS BEDEUTET ZEIT NICHT VIEL.
ERZÄHL MIR DAVON. ERZÄHL MIR ALLES.
Und so begann Drizzt zu erzählen.
Er sprach von seiner Jugend in Menzoberranzan, vom Mord an Zaknafein und seinem Entschluss, seiner finsteren Verwandtschaft und ihrer noch finstereren Göttin den Rücken zu kehren.
Dann beschrieb er sein Jahrzehnt im Unterreich, die qualvolle Einsamkeit und die urtümlichen Triebe des Jägers.
Bis er schliesslich zu seiner Ankunft in Blingdenstein kam.
MAGGA CAMMARA, JUNGE, BEI ALLEN STEINEN.
WAS FÜR EINE GESCHICHTE.

Nach jener ersten Nacht redeten der Höhlenvater und sein Schutzbefohlener nicht mehr viel.
Nicht, weil sie einander nicht mochten ... Belwar war einfach kein Mann großer Worte, und Drizzt, der die Sprache der Svirfnebli erst noch lernte, vertraute seinen eigenen Worten wenig.
Sie schwiegen zwar, doch ihre Umwelt tat es nicht.
Blingdenstein war eine geschäftige Metropole, und die Geräusche des Lebens, der Zivilisation ... umgaben den Dunkelelfen von früh bis spät; sie hielten den Jäger in Schach.
Aus den Tagen wurden Wochen, und zum ersten Mal seit einer Ewigkeit war Drizzt glücklich.
WIR FRAGEN DEN DROW, ER WIRD ES WISSEN!
ES HEISST, DU HAST IM UNTERREICH GELEBT. SAG DEN BEIDEN, DASS ES SOLCHE KREATUREN WIRKLICH GIBT.
BASILISKEN? JA, NATÜRLICH.
HA! SAG ICH DOCH!
WOHER WISSEN WIR, DASS ER DIE WAHRHEIT SAGT?
ICH HABE EINEN GESEHEN.
ECHT?!
BIST DU GEFLOHEN, EHE ER ANGREIFEN KONNTE?
GEFLOHEN? NEIN, ICH HABE IHN BEKÄMPFT.

DU MUSST UNS ZEIGEN, WIE DU DAS MONSTER BESIEGT HAST!
BITTE!
JA, DUNKELELF, ZEIG ES UNS!
A-ALSO GUT.
DAS WICHTIGSTE BEIM KAMPF GEGEN EINEN BASILISKEN IST, SICH IHM VON HINTEN ZU NÄHERN...
...UND ZUZUSCHLAGEN, EHE MAN VON SEINEM HYPNOTISCHEN BLICK GESTREIFT WIRD.
ABER MAN MUSS SCHNELL SEIN UND --
UND ...
SSSSSSS

NEIN!
KRAK
KRAK
KRAK
RAAAH!
STUNDEN SPÄTER ...
ICH HABE DIE KLEINEN ERSCHRECKT.
JA, UND IM MORGENROT WERDEN SIE WIEDER AN UNSERE TÜR KLOPFEN, UM ERNEUT ERSCHRECKT ZU WERDEN. SO SIND KINDER.
DU VERSTEHST NICHT, BELWAR, ICH DACHTE, ICH SEI DEN JÄGER LOS. ABER ER IST WIEDER ÜBER MICH GEKOMMEN... EINFACH SO.
DIE BESTIE FOLGT MIR!
DU WURDEST ZU DIESEM... DING, UM ZEHN JAHRE IN DER WILDNIS ZU ÜBERLEBEN.
DU DARFST NICHT ERWARTEN, ES IN EIN PAAR WOCHEN HINTER DIR ZU LASSEN. LASS DIR ZEIT, JUNGE.
LASS DIR ZEIT.
ABER WISSE, DRIZZT DO'URDEN, HIER HAST DU KEINE FEINDE.
JENSEITS DES STEINES MEINER TÜR LAUERN KEINE MONSTER.

„ICH GEBE DIR MEIN WORT: HIER BIST DU SICHER."
DRI...ZZT.

US-Forgotten Realms – Covermotiv Exile #2

US-Forgotten Realms – Variant-Covermotiv Exile #2

In einem dunklen Tunnel, weniger als einen Tagesmarsch vor der Gnomen Stadt Blingdenstein ...
W-WER KÖNNTE DAS GETAN HABEN? HAKENSCHRECKEN? ODER...
NEIN. DIE SCHLÄGE WURDEN ZU SAUBER AUSGEFÜHRT. ZU PRÄZISE.
NUR EINE KREATUR IM UNTERREICH SCHLÄGT SOLCHE WUNDEN.
DROW.

BLINGDENSTEIN ...
DUNKELELFEN? SO NAH AN UNSERER STADT? DAS IST EINE KRIEGSERKLÄRUNG!
WENN MENZOBERRANZAN EINEN KRIEG PLANEN WÜRDE, HÄTTEN DIE DROW NICHT EIN DUTZEND TOTER GOBLINS AUF DEM WEG UNSERER PATROUILLE ZURÜCK GELASSEN, KÖNIG SCHNICKTICK.
WOHL WAHR... DOCH WAS DANN?
EXPANSION?
SKLAVEN-HÄNDLER?
MARODIERENDE RÄUBER?

NEIN, NEIN, NEIN. SIE SUCHEN ETWAS, DAS SIE VERLOREN HABEN.
ODER JEMANDEN.
IHR GLAUBT, SIE SIND HINTER BELWAR DISSENGULPS DROW HER?
DRIZZT DO'URDEN HAT WÄHREND SEINES AUFENTHALTS IN UNSERER STADT NICHTS GETAN, WAS EINEN VERDACHT GEGEN IHN RECHTFERTIGEN WÜRDE, MEIN HERR.
ALLERDINGS LIEGEN UNS NUR WENIGE INFORMATIONEN ÜBER DRIZZTS TATEN AUS DER ZEIT VOR, BEVOR ER IN UNSERE STADT KAM. ODER ÜBER DIE FEINDE, DIE ER SICH MÖGLICHERWEISE GEMACHT HAT.
JA. MAN KANN NICHT VORSICHTIG GENUG SEIN.
FIRBLE, NIMM KONTAKT MIT UNSEREM SPIONAGENETZWERK IN MENZOBERRANZAN AUF. ICH WÜNSCHE GENAUE INFORMATIONEN ÜBER DEN GAST DES HÖHLENVATERS.
DIE AUSSICHT, DUNKELELFEN VOR DER TÜR ZU HABEN, GEFÄLLT MIR GAR NICHT.
ES MINDERT DIE WOHNQUALITÄT SO.

NEIN.
HALTE EIN, ZAKNAFEIN. DIES SIND NICHT UNSERE GEGNER. UNSER SOHN IST ES.
GEDULD, MEIN LIEBER. GEDULD.
Der Geister-Todesalb knurrte, als der geistige Befehl seiner Herrin in seinem Geist verklang.
Die Goblins hatten seinen Blutdurst für eine Weile gestillt, doch jetzt kam er zurück. Er musste jagen, musste töten.

ak wanderte seit Wochen durch
ese Tunnel, stets auf der Suche.
Drizzt war nah, das spürte er deutlich, doch der Junge blieb immer knapp ausserhalb seiner Reichweite.
Irgendetwas versteckte Drizzt, beschützte ihn.
Und dieser Gedanke machte ihn rasend vor Wut.
Jeder Tag, den er in dieser Welt verbrachte, war die reine Qual. Zak sehnte sich danach, sie endlich wieder zu verlassen – in die süße Umarmung des Todes zurückzukehren.
Doch noch konnte er dieser Sehnsucht nicht nachgeben. Er hatte eine Aufgabe.
Zu Lebzeiten hätte Zak rebelliert. Er war ein Mann von Ehre und festem Willen gewesen, einer der wenigen im Unterreich.
Doch nun nicht mehr. Jetzt gehörten sein Leib und seine Seele Matrone Malice.
Er würde erst wieder Frieden finden, wenn seine Schwerter Drizzts Herz durchbohrten.

BLINGDENSTEIN ...
MEINE AUSRÜSTUNG! MEINE SCHWERTER!
EIN BOTE HAT SIE ABGEGEBEN, WÄHREND DU GESCHLAFEN HAST.
S-SIE GEBEN SIE MIR EINFACH ZURÜCK, BELWAR?
WIE VIELE MONATE LEBST DU JETZT IN UNSERER STADT, DRIZZT? NIEMAND GLAUBT NOCH, DU KÖNNTEST EIN SPION ODER EIN ATTENTÄTER SEIN. NICHT MEHR.
DU HAST DIR UNSER VERTRAUEN VERDIENT. ZUMINDEST MEINS.
UND DAS WIRD WOHL UNSER BESUCH SEIN.
KNOK KNOK KNOK
BESUCH? WAS FÜR –
WHUD

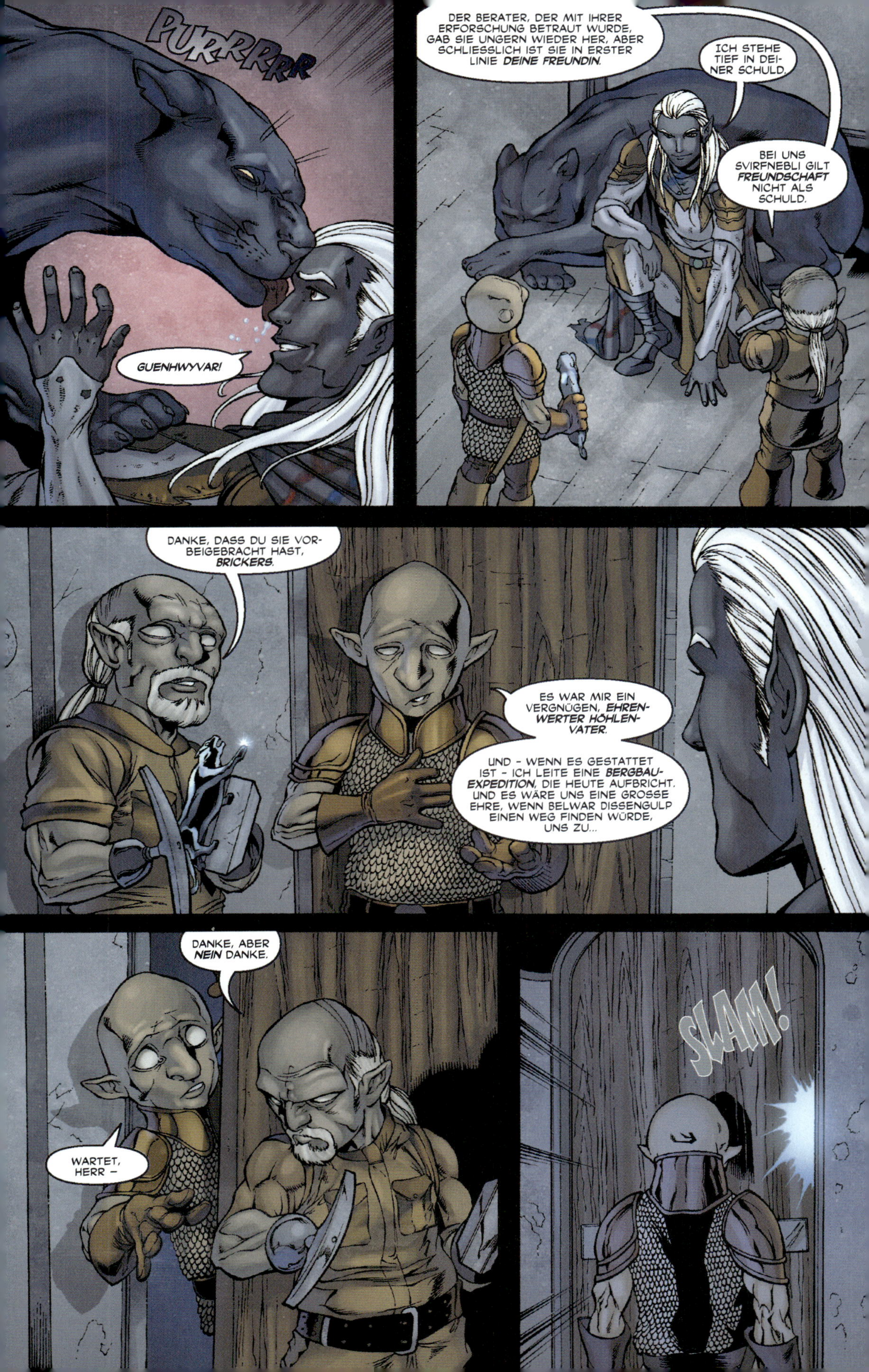
PURRRRRR
GUENHWYVAR!
DER BERATER, DER MIT IHRER ERFORSCHUNG BETRAUT WURDE, GAB SIE UNGERN WIEDER HER, ABER SCHLIESSLICH IST SIE IN ERSTER LINIE DEINE FREUNDIN.
ICH STEHE TIEF IN DEINER SCHULD.
BEI UNS SVIRFNEBLI GILT FREUNDSCHAFT NICHT ALS SCHULD.
DANKE, DASS DU SIE VORBEIGEBRACHT HAST, BRICKERS.
ES WAR MIR EIN VERGNÜGEN, EHRENWERTER HÖHLENVATER.
UND – WENN ES GESTATTET IST – ICH LEITE EINE BERGBAU-EXPEDITION, DIE HEUTE AUFBRICHT, UND ES WÄRE UNS EINE GROSSE EHRE, WENN BELWAR DISSENGULP EINEN WEG FINDEN WÜRDE, UNS ZU...
DANKE, ABER NEIN DANKE.
WARTET, HERR –
SLAM!

DU SOLLTEST SIE BEGLEITEN, BELWAR. DU VERLÄSST DIESES HAUS SO GUT WIE NIE. EIN PAAR TAGE IN DEN TUNNELN WÜRDEN DIR GUTTUN.
ODER BIST ZU VERPFLICHTET, HIER ZU BLEIBEN UND MICH ZU ÜBERWACHEN?
ES LIEGT NICHT AN DIR.
SIND ES DEINE HÄNDE? DU GLAUBST, DU WÄRST EINE BELASTUNG FÜR DIE GRUPPE.
BELASTUNG? HA! MIT DENEN HIE BEARBEITE ICH FEL VIEL SCHNELLER ALS JEDER VON DENEN!
WARUM WILLST DU DANN NICHT MITGEHEN?
WEIL MEINE LETZTE EXPEDITION IN BLUTVERGIESSEN ENDETE.
DU GIBST DIR DIE SCHULD FÜR DEN VERLUST DEINER LEUTE IN JENEM KAMPF VOR ÜBER EINEM JAHRZEHNT?
EIN HÖHLENVATER MUSS VERANTWORTUNG ÜBERNEHMEN.

ABER ES WAR NICHT DEIN FEHLER! DIE SCHULD TRAGEN EINZIG MEINE LEUTE!
ES LIEGT IN DER NATUR DER DROW, TRAGÖDIEN ZU SCHAFFEN. DAS FINSTERE LEBEN, DAS SIE TAG FÜR TAG FÜHREN, WAR DAS SCHICKSAL DER FRIEDLICHEN MITGLIEDER DEINER EXPEDITION!
JENE, DIE DICH BEGLEITET HABEN, WUSSTEN UM DIE GEFAHREN. ES GIBT KEINEN GRUND FÜR DICH, DICH HIER MIT DEINER SCHULD ZU VERKRIECHEN.
ICH DACHTE, DU HÄTTEST MEHR MUT.
GROSSE WORTE AUS DEINEM MUND.
GROSSE WORTE AN EINEN FEIGLING!
DU WAGST ES, MICH EINEN FEIGLING ZU NENNEN?!
WIE SONST SOLLTE ICH JEMANDEN NENNEN, DER ES NICHT WAGT, ÜBER SEINE EIGENE TÜR-SCHWELLE ZU TRETEN?
ABER WENN DIR DIESER TITEL NICHT GEFÄLLT, DANN ZERSCHLAGE IHN! SCHLIESSE DICH BRICKERS EXPEDITION AN, ZEIGE IHNEN DEN WAHREN BELWAR DISSENGULP UND ZEIGE IHN DIR SELBST.
MAGGA CAMMARA...
LEG DEINE SCHWERTER AN, ELF. WENN ICH MITGEHE, GEHST AUCH DU!

Höhlenvater Brickers stimmte bereitwillig zu, **geehrt** über Belwars Anwesenheit und **glücklich**, Drizzts Klingen dabeizuhaben ...
... besonders, falls sich die Gerüchte über Drow-Aktivitäten in den Tunneln um Blingdenstein bewahrheiten sollten.
Doch das Glück wollte es, dass die Expedition keinen Elf außer Drizzt zu sehen bekam, während sie sich in die von den **Mineralien-Spähern** bezeichnete Gegend begaben.
Die Berichte über eine dicke Erz-Ader waren nicht übertrieben, und die Minenarbeiter machten sich frisch ans Werk.
Nichts **erfreut** einen Svirfneblin mehr als der Klang seines Pickels, wenn er auf Stein schlägt und der süße Geruch frisch abgebauten Erzes.
Und niemand freute sich mehr als Belwar, dessen Hammer und Pickel den Fels mit unglaublicher **Kraft** und **Genauigkeit** zur Seite fegten.
Zum ersten Mal seit vielen Jahren fühlte er sich **zu Hause**. Belwar war ein vollwertiges, **verehrtes** Mitglied der Expedition und füllte die Wagen mit mehr Erz als jeder andere.

Drizzt verbrachte die Tage damit, in den verwinkelten Tunneln rund um die Grabungsstätte **Streife** zu gehen.
Monate waren vergangen, seit er zuletzt die Wildnis des **Unterreichs** durchstreift hatte, die ihm für Jahre eine Heimat gewesen war – und gleichzeitig der Ort, an dem er sich beinahe selbst **verloren** hatte.
Ein oder zwei Mal entfernte er sich zu weit von der Expedition und geriet in jene **Dunkelheit** und Stille, die ihn in jener Zeit **gefangen** gehalten hatten. Dann regte sich **der Jäger** in ihm. Doch Drizzt drängte das **Tier** jedes Mal wieder zurück.
Inzwischen war er **stärker**.
Alles in allem war es ein ereignisloser und **lohnender** Ausflug – genau, wie es die Tiefengnome schätzten.
Und Belwar Dissengulp **zuckte** nie wieder zusammen, wenn ihn ein anderer Svirfneblin mit den Worten „hochverehrter Höhlenvater" ansprach.

Zur gleichen Zeit, woanders im Unterreich ...
GRUSS DIR, MEIN KLEINER FREUND MIT DER GROSSEN GELDBÖRSE.
DU KÖNNTEST ETWAS VORSICHTIGER SEIN, JARLAXLE.
HA! HINTER DIR STEHT EINE ARMEE VON TIEFENGNOMEN - KRIEGER WIE ZAUBERER, UND ICH ... LASS ES MICH SO SAGEN: AUCH ICH BIN GUT GESCHÜTZT.
DENNOCH WÄRE ES MIR LIEBER, UNSER GESCHÄFT WÜRDE UNTER UNS BLEIBEN.
SELBSTVERSTÄNDLICH UNTERLIEGEN ALLE GESCHÄFTE VON BREGAN D'AERTHE DER DISKRETION, MEIN LIEBER FIRBLE.
NUN - STELL DEINE FRAGE.
ES GIBT VERSTÄRKT DROW-AKTIVITÄTEN IN DER NÄHE VON BLINGDENSTEIN. ICH WILL WISSEN WARUM?!
ICH VERSTEHE. UND DIE BEZAHLUNG?
ICH ZAHLE BEI LIEFERUNG DER INFORMATION. SO HABEN WIR ES IMMER GEHALTEN!
ZUFÄLLIGERWEISE KANN ICH DEINE FRAGE SOFORT BEANTWORTEN. FALLS DU DIE STEINE DABEI HAST.
FÜNFZIG ACHATE, SORGFÄLTIG GESCHLIFFEN.

SEI BERUHIGT, MEIN KLEINER FREUND, DENN DIE KRÄFTE, DIE IN MENZOBERRANZAN HERRSCHEN, PLANEN KEINEN SCHLAG GEGEN DEINE STADT.
NUR EIN HAUS DER DROW INTERESSIERT SICH FÜR EURE GEGEND. SIE SUCHEN NACH EINEM DER IHREN. EINEM ABTRÜNNIGEN.
NENN MIR NAMEN: SEINEN UND DEN DES HAUSES.
ZWEI WEITERE INFORMATIONEN MIT HOHEM PREIS... SCHEINT EIN TEURER AUSFLUG FÜR DICH ZU WERDEN.
HEUTE ZAHLE ICH DIR NICHTS WEITER, JARLAXLE! DIE NAMEN!
HAUS DO'URDEN, DAS ACHTE HAUS MENZOBERRANZANS, SUCHT SEINEN ZWEITGEBORENEN.
SEIN NAME IST DRIZZT.
VERSTEHE.
WOHL KAUM - ALSO LEGE ICH DIESE WARNUNG UMSONST DRAUF: FALLS DU DRIZZT DO'URDEN KENNST - HALTE DICH FERN VON IHM.
LOLTH SELBST HAT HERRIN MALICE AUFGETRAGEN, DEN JUNGEN ZU TÖTEN. UND MALICE WIRD TUN, WAS IMMER SIE TUN MUSS, UM DIESEN AUFTRAG AUSZUFÜHREN.
DRIZZT IST VERLOREN. GENAUSO WIE JEDER NARR, DER SICH AN SEINE SEITE STELLT.
E-EINE UNNÖTIGE WARNUNG, DENN NIEMAND IN BLINGDENSTEIN KENNT DIESEN ABTRÜNNIGEN DUNKELELF ... ODER WÜRDE SICH FÜR IHN INTERESSIEREN.
NUN GUT - ICH HABE MEINE ANTWORTEN UND DU DEINE EDELSTEINE. UNSER GESCHÄFT IST ABGESCHLOSSEN.
SEHR WOHL, FIRBLE. ES WAR MIR WIE IMMER EIN VERGNÜGEN.

Die Tage nach der Rückkehr der Expedition bestanden für Drizzt nur aus Freude und Freundschaft.
Die Svirfnebli, die mit ihm in die Tunnel gegangen waren, sahen in ihm eine Art Helden, und Belwar plante bereits eine nächste Expedition.
Tatsächlich war es die wohl glücklichste Zeit, die der junge Elf bisher erlebt hatte.
Daher überraschte es ihn nur wenig, als König Schnicktick ihn **dringend** in den Palast zitierte.
Schließlich war Drizzts ganzes Leben eine Folge schrecklicher Enden von hoffnungsvollen Anfängen.
DAS KÖNNT IHR NICHT TUN!
HOCHVEREHRTER HÖHLENVATER, ES STEHT EUCH NICHT AN, MICH ZU **UNTERBRECHEN**. SOLLTET IHR ES NOCH EINMAL TUN, SIND WIR GEZWUNGEN, EUCH AUS DIESEM RAUM **ENTFERNEN** ZU LASSEN.
A-ABER IHR WOLLT IHN **FORTJAGEN**!
HABT IHR VON DEN DROW-AKTIVITÄTEN GEHÖRT, DIE WIR NAH UNSERER ÖSTLICHEN GRENZE VERMUTEN?
JA.
IHR, DRIZZT DO'URDEN, SEID DER **GRUND** JENER AKTIVITÄTEN.

MEINE MUTTER SUCHT NACH MIR.
ABER SIE WIRD DICH NICHT FINDEN!
MAGGA CAMMARA! WIR SIND SVIRFNEBLI! WIR LASSEN UNSERE FREUNDE NICHT IM ANGESICHT DER GEFAHR IM STICH!
GENUG, BELWAR!
WIR HABEN DIESEN ENTSCHLUSS NICHT LEICHTFERTIG GEFÄLLT. DOCH ER STEHT FEST.
DRIZZT HIER ZU BEHALTEN, BEDEUTET KRIEG MIT MENZOBERRANZAN ZU RISKIEREN. UND ICH WERDE BLINGDENSTEIN NICHT FÜR EINEN DUNKELELFEN AUFS SPIEL SETZEN. AUCH WENN ER SICH ALS FREUND ERWIESEN HAT.
ES TUT MIR LEID.
DAZU BESTEHT KEIN ANLASS. TUT, WAS IHR TUN MÜSST. NICHTS LIEGT MIR FERNER, ALS DEN ZORN MEINER FAMILIE ÜBER DIE EINWOHNER EURER STADT ZU BRINGEN, DIE SO GUT ZU MIR WAREN.
ICH KÖNNTE MIR NIE VERZEIHEN, WENN ICH EINE SOLCHE TRAGÖDIE AUSLÖSEN WÜRDE.
IN EINER STUNDE WERDE ICH DIE STADT VERLASSEN HABEN UND HINTERLASSE NUR MEINE TIEFE DANKBARKEIT.

Hundert Tiefengnome kamen, um dem Drow Lebewohl zu sagen, als er die riesigen Türen Blingdensteins durchschritt.
Ihre freundlichen Worte spendeten ihm Trost und gaben ihm die Stärke, die er - wie er wusste - für die kommenden Jahre brauchen würde.
Dennoch bebte Drizzt, als die gigantischen Türflügel hinter ihm ins Schloss fielen.
Wie sollte er die verbleibenden Jahrhunderte seines Lebens im Unterreich überstehen, wenn ihn scho das erste Jahrzehnt an den Rand des Wahnsinns geführt hatte?
Wie sollte er den Jäger in Schach halten?

SO, GUENHWYVAR, JETZT SIND ES WIEDER NUR WIR ZWEI.
WIR DREI.
BELWAR! DU BIST GEKOMMEN, UM DICH ZU VERAB-SCHIEDEN!
NEIN, BIN ICH NICHT.
ICH WILL SCHON LANGE ETWAS AUFREGENDES MIT MEINEM LEBEN ANFANGEN, UND DA DACHTE ICH, ICH KÖNNTE JA MAL LOSZIEHEN UND SEHEN, WAS DIESE WELT SO ZU BIETEN HAT.
DU... NEIN, ICH KÖNNTE NIE-MALS...
ICH ERINNERE MICH NICHT, DASS ICH DEINE ERLAUBNIS BRÄUCHTE.
BLEIB, BELWAR. DU HAST DEINE LEUTE HIER, DIE DICH AKZEPTIEREN UND FÜR DICH SORGEN. DAS IST MEHR WERT, ALS DU DIR VORSTELLEN KANNST.
STIMMT, UND DU, DRIZZT DO'URDEN, HAST DEINEN FREUND HIER, DER DICH AKZEPTIERT, FÜR DICH SORGT UND DIR ZUR SEITE STEHT, WO DICH ALLE ANDEREN VERLASSEN.
ALSO ZIEHEN WIR WEITER IN UNSER ABENTEUER, BEVOR DEINE BÖSARTIGE MUTTER HIER AUFTAUCHT UND UNS IN STREIFEN SCHNEIDET.

Drizzts und Belwars erste Tat bestand darin, ein falsches Lager in einer kleinen Höhle, etwa einen halben Tagesmarsch von Blingdenstein entfernt, zu errichten.
Es war nur eine kleine Ablenkung, die ihnen aber gegebenenfalls die nötige Zeit verschaffen würde, um zu entkommen.
Dann machten sie sich auf und davon, weg von Menzoberranzan und was auch immer Drizzt auf den Fersen war.
Die Gefährten reisten schnell und hielten nur an, wenn Hunger und Erschöpfung sie dazu zwangen.
Von Zeit zu Zeit wies Belwar auf Orte hin, an die er im Verlauf seiner langen, glanzvollen Laufbahn Bergbau-Expeditionen geführt hatte.
Die Geschichten des Höhlenvaters glichen einander oft – wie viele Arten gibt es schon für einen Tiefengnom, Steine zu schlagen? – doch Drizzt **genoss** jedes Wort.
Er wusste – die Alternativen waren Schweigen und **der Jäger**.

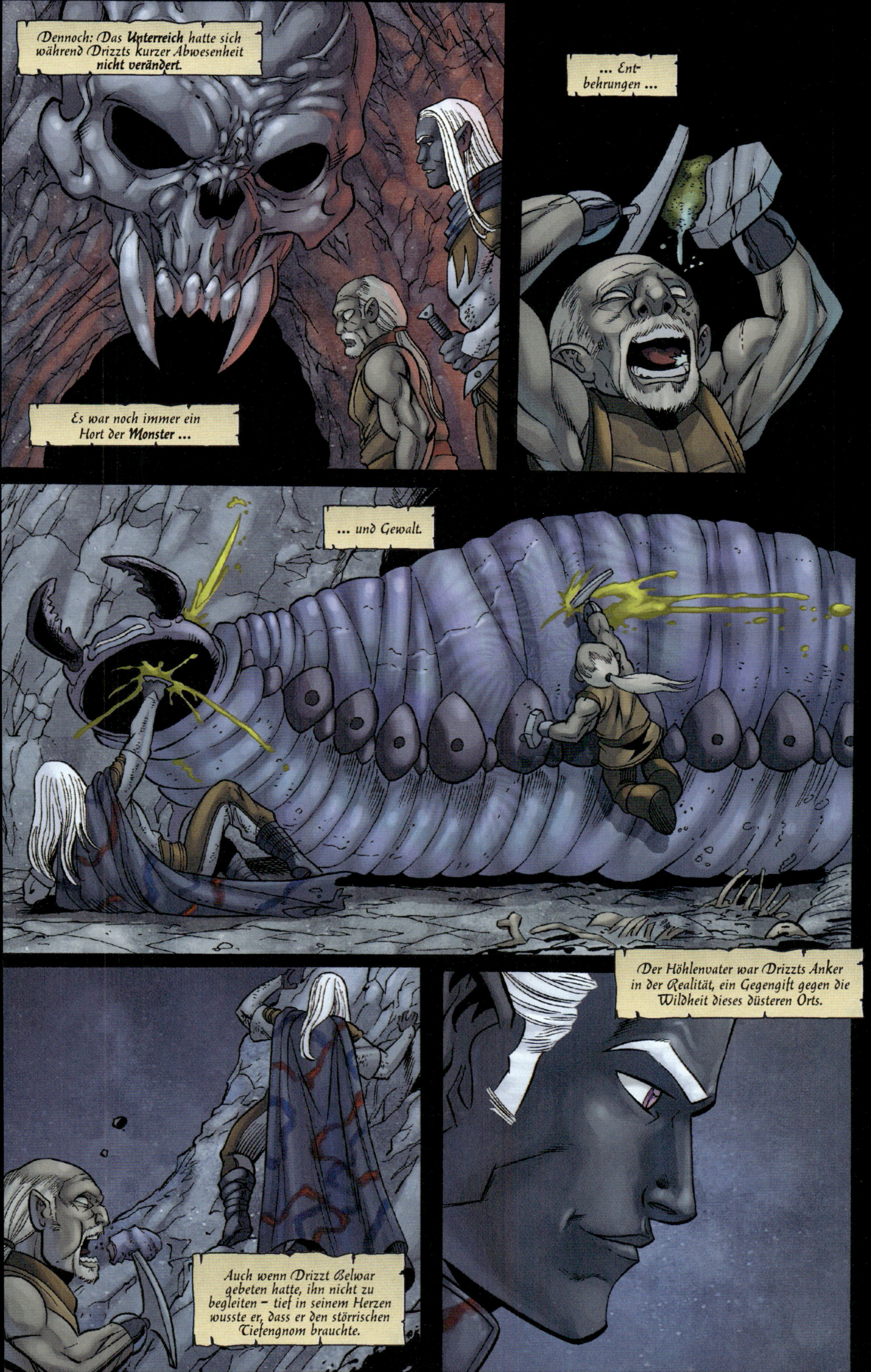
Dennoch: Das Unterreich hatte sich während Drizzts kurzer Abwesenheit nicht verändert.
Es war noch immer ein Hort der Monster ...
... Entbehrungen ...
... und Gewalt.
Der Höhlenvater war Drizzts Anker in der Realität, ein Gegengift gegen die Wildheit dieses düsteren Orts.
Auch wenn Drizzt Belwar gebeten hatte, ihn nicht zu begleiten – tief in seinem Herzen wusste er, dass er den störrischen Tiefengnom brauchte.

Belwar wurde für Guenhwyvar schnell zu einen guten Freund und Spielgefährten.
sNNrrrrrr
LOS, SCHNAPP IHN.
ZZZZ
WHUMP
AGH!
PURRRRR
RUNTER, DU BETTVORLEGER, SONST SETZT ES WAS!
DAS IST DAS DRITTE MAL DIESE WOCHE, DUNKELELF! DAFÜR WIRST DU BEZAHLEN!
SOBALD ICH MEINE ARME FREIHABE, KANNST DU WAS ERLEBEN!

Tage und Wochen vergingen, in denen das Trio seine Reise in die Tiefen von Tunneln fortsetzte, die nicht einmal Belwar kannte.
DIESES LICHT. WAS IST DAS?
Tunnel, die ihnen noch dunkler und seltsamer erschienen, als jene zuvor.
SOLLEN WIR ES ERKUNDEN?
MAGGA CAMMARA!
DER STEIN IST GESCHMOLZEN.
JA, DIESE TEICHE SIND VOLL SÄURE.
MIR GEFÄLLT ES HIER NICHT.
TOD!
TOD!
TOD!
TOD!

TOD!
FREUNDE VON DIR?
TOD!
WOHL KAUM. ICH HABE IN MEINEM GANZEN LEBEN NOCH NIE VON SOLCHEN KREATUREN GEHÖRT.
NUN, WER AUCH IMMER SIE SIND, SIE SCHEINEN NICHT ERFREUT, UNS ZU SEHEN.
FALSCH. ICH GLAUBE, SIE FINDEN ES SCHÖN, DASS IHR ABENDESSEN VORBEIKOMMT.
TOD!
TOD!
ICH BIN KEIN ABENDESSEN FÜR MONSTER!
BIVRIP!
WIE, DUNKELELF, HAST DU WIRKLICH GEGLAUBT, MEINE LEUTE WÜRDEN MIR IN MÜHEVOLLER ARBEIT SO SCHÖNE NEUE HÄNDE BAUEN, OHNE SIE MIT EIN WENIG MAGIE ZU VERSEHEN?
NUN, ICH DENKE, DER AUSGANG LIEGT IN DIESER RICHTUNG.

TOD!
TOD!
TOD!
TOD!
SCHLIKT
SCHLIKT
KACHINK!
TOD!
TOD!
TOD!

TOD!
KRUNCH!
GUENHWYVAR!
NEIN!
Drizzt wusste, dass Guenhwyvar nicht tot war ... sie hatte schon schlimmeres überlebt. Einige Tage in ihrer eigenen Ebene würden den Panther wieder vollständig herstellen.
Aber diese Tatsache änderte nichts daran, dass er gerade Zeuge geworden war, wie seine älteste und beste Freundin entsetzliche Schmerzen litt.
Und so begrüßte er den Jäg

Belwar sprach in späteren Jahren mit einer Mischung aus Bewunderung und Schrecken von dem Kampf, der nun entbrannte.
Der Höhlenvater hatte schon früher große Krieger gesehen, Gnome wie Drow.
Doch Drizzt verwandelte sich in etwas, das Belwar kaum erfassen konnte. Zu schnell, präzise und tödlich, um wahr zu sein.
Der alte Gnom ertappte sich dabei, wie er Mitleid für die Vogelmenschen empfand, die von den wirbelnden Klingen des Dunkelelfen niedergemäht wurden.
Sie hatten ein paar einsame Wanderer fangen wollen ...
... und waren stattdessen dem personifizierten Tod begegnet.

TOD!
TOD!
TOD!
HALT, JUNGE! HALT!
WIR HABEN SIE WEIT HINTER UNS GELASSEN!
ES TUT MIR LEID... DER KAMPF... ES HAT MICH ÜBERMANNT.
DU WARST GUT, DUNKELELF. OHNE DICH WÄREN WIR JETZT ALLE TOT.
DU VERSTEHST NICHT! MEINE DUNKLE SEITE, DIE RASEREI, SIE KAM ZURÜCK!
DIESES WILDE TIER HAT BESITZ VON MIR ERGRIFFEN! ICH WOLLTE NUR NOCH TÖTEN... !
WÄRE DEM SO, WÄREN WIR NOCH DORT... DURCH DEIN TUN KONNTEN WIR ENTKOMMEN.
RASEREI? MÖGLICHERWEISE, ABER SICHER KEINE BLINDE RASEREI. DU HAST GETAN, WAS DU TUN MUSSTEST, UND DU WARST GUT. BESSER ALS JEDER ANDERE, DEN ICH JE SAH.
DU HAST UNS HEUTE GERETTET, DRIZZT DO'URDEN. ENTSCHULDIGE DICH NICHT DAFÜR. WEDER BEI MIR NOCH BEI DIR SELBST.

Seite an Seite schritten die beiden Freunde weiter durch die Dunkelheit.
Drei Tage nach dem Kampf holte Drizzt Guenhwyvar aus ihrer astralen Heimat.
Ihr Gesicht trug zwar noch Brandwunden, aber ansonsten ging es der großen Katze gut, und sie freute sich, ihren Herrn wiederzusehen.
Dann fanden sie es. Aus reinem Zufall.
WUNDERSCHÖN!
KLEIN GENUG, UM ES ZU VERTEIDIGEN, ABER GROSS GENUG, UM DARIN ZU LEBEN. MIT PILZEN FÜR UNSERE HUNGRIGEN BÄUCHE UND EINEM SEE VOLLER FISCHE... VIELLEICHT SOGAR KRABBEN!
BELWAR, MEINST DU --
MAGGA CAMMARA, DU WEISST, WAS ICH MEINE, ELF! WIR WAREN LANGE AUF DER FLUCHT, UND DIESER ORT IST PERFEKT!
EIN ZUHAUSE!

Ganz woanders ...
HALT, DU NARR!
ES IST EIN TRICK. MERKST DU DAS NICHT?
DRIZZT HAT DIE GNOMENSTADT HINTER SICH GELASSEN. ER FLIEHT!
FINDE IHN, DU VERFLUCHTES TIER!

HAUS DO'URDEN ...
FINDE IHN!
HERRIN MALICE, WIR HÖRTEN EUCH SCHREIEN.
ALLES IN ORDNUNG, VIERNA.
DEIN MISSRATENER BRUDER IST WIEDER ENTKOMMEN. ABER JETZT HAT ZAKNAFEIN SEINE WITTERUNG AUFGENOMMEN.
DRIZZTS VORSPRUNG MAG EINE WOCHE ODER MEHR BETRAGEN, ABER ER MUSS SCHLAFEN, RASTEN UND ESSEN. DER GEISTER-TODESALB MUSS NICHTS VON ALLEDEM.
BALD WIRD DIE JAGD BEENDET SEIN.
WAS IST MIT DIR, MUTTER? DU HAST SO LANGE KAUM GEGESSEN UND GESCHLAFEN. ICH MACHE MIR SORGEN.
JA SICHER, BRIZA. SCHLIESSLICH WÜRDEST DU JA HIER HERRSCHEN, WENN MIR ETWAS ZUSTIESSE.
ICH-- WOLLTE NICHT ...
KLAR WOLLTEST DU. ES IST NUR NATÜRLICH.
ABER WISSET, MEINE TÖCHTER... NOCH BIN ICH STARK GENUG, DIESES HAUS ZU FÜHREN.
DER PREIS FÜR ZIN-CARLA MAG HOCH SEIN, DOCH DER LOHN WIRD IHN HUNDERTFACH ÜBERSTEIGEN, WENN ICH LOLTH DRIZZTS HERZ ZU FÜSSEN LEGEN KANN.
HAUS DO'URDEN WIRD LOLTHS GUNST WIEDERERLANGEN UND EINEN EHRENPLATZ IN MENZOBERRANZAN ERRINGEN!
WIR WERDEN SIEGEN, KOSTE ES, WAS ES WOLLE!

Nach einigen Tagen musste Drizzt zugeben: Belwar hatte recht.
Es fühlte sich gut an, nicht mehr auf der Flucht zu sein.
Dieser Ort, seine Höhle, voller Freunde und Nahrung, war das größte Geschenk, das Drizzt sich je hätte träumen lassen.
Tatsächlich fühlte sich die gemütliche kleine Höhle immer mehr wie ein Zuhause an.
KRAK! KLAK KRAK! KLAK
DROW? WAS IST --?
DIESES GERÄUSCH KENNE ICH...
HAKEN-SCHRECKEN!

MONSTER!
NEIN...
KEIN...
MONSTER...
BITTE... NICHT...
MICH... TÖTEN!

NICHT... WIE ICH... AUSSEHE... ICH BIN... PECK.
PECK?
STEINKINDER. SELTSAME KLEINE WESEN. HART WIE STEIN UND GEBOREN, IHN ZU BEARBEITEN.
ABER ES GIBT NICHT SEHR VIELE VON IHNEN... UND NOCH WENIGER, DIE SO AUSSEHEN!
PECK... N-N-NICHT MEHR. Z-Z-ZAUBERER. BÖSER ZAUBERER. FLUCH.
WIE LANGE BIST DU SCHON SO?
WOCHEN. M-MONATE. HABE ZEITGEFÜHL VER-LOREN.
ZEIT. MEINEN NAMEN. DEN STEIN. ALLES VERLOREN.

NICHT MONSTER. PECK.
SELBST EIN MONSTER SOLLTE EINEN NAMEN HABEN.
JA, JA...
KLACKER. WIR WERDEN DICH KLACKER NENNEN!
GUTER NAME.
NUN, KLACKER, SCHÖN, DICH KENNENGELERNT ZU HABEN, WIR MÜSSEN JETZT WEITER --
ER KOMMT MIT.
WAS?!
ICH WEISS, WIE ES IST, ZU ETWAS SELTSAMEM UND BEÄNGSTIGENDEM ZU WERDEN. KLACKER BRAUCHT HILFE, UND DIE WIRD ER VON UNS BEKOMMEN.
DU VERSTEHST NICHT, DUNKELELF. SOLCHE ZAUBER VERÄNDERN NICHT NUR DEN KÖRPER, SONDERN AUCH DEN GEIST. NOCH IST KLACKER EIN PECK, DER IM KÖRPER EINES HAKENSCHRECKENS GEFANGEN IST, ABER MIT DER ZEIT WIRD ER SICH VERÄNDERN.
ER WIRD ZUM ECHTEN MONSTER WERDEN.
NEIN. EIN MAGIER WIRKTE DIESEN ZAUBER, ALSO KANN EIN MAGIER IHN AUCH BANNEN.

Am nächsten Tag brach das außergewöhnliche Trio auf: nach Osten; weg von Drizzts geliebter Höhle.
Klacker ging voran, zurück zu dem Magier, der ihn verflucht hatte.
Es war eine unangenehme Reise ... der verzauberte Peck verirrte sich leicht und führte sie auf zahlreiche falsche Pfade.
Doch dann, gerade, als die Erschöpfung einsetzte ...
HIER!
E-EIN TURM AUS REINEM ADAMANTIT! ICH HABE NOCH NIE-- WIE KONNTE ER SO ETWAS BAUEN?
MAGIE.

WIR WERDEN UNS VERSTECKEN UND WARTEN, IRGENDWANN WIRD DER MAGIER HERAUSKOMMEN, UND DANN--
KRANG
KRANG
MAGIER! BÖSER MAGIER!
KRANG
ADAMANTIT IST DAS HÄRTESTE METALL DER WELT, NICHT EINMAL EIN HAKENSCHRECKEN WIRD AUCH NUR EINEN KRATZER HINEINMACHEN KÖNNEN!
RUNTER!
ZZAK

VERDAMMT!
DAFÜR VERDET IHR TEUER BEZAHLEN! ICH VERDE EUCH ALLE DÖDEN!
MAGGA CAMMARA, DRIZZT, ER HAT BESTIMMT NOCH MEHR ZAUBER! WIR MÜSSEN FLIEHEN.
GUENHWYVAR, ICH BRAUCHE DICH...
ÖFFNE DIE TÜR! SONST KOSTET ES DEIN LEBEN, ÜBLER MAGIER!
GOMMT HEREIN!
ICH VERDE NIEMALS—
RRRRAWR
AIEEEEE!

DU BIST... EIN MENSCH?
ICH PIN BRISTER FENDLESTICK. NA UNT?
ES IST-- ICH HABE NOCH NIE EINEN MENSCHEN IM UNTERREICH GESEHEN.
JEDSD SCHON, GRADULIERE. VIELLEICHD RUFSD TU JEDSD TEINE KADZE SURÜCK, HM?
NEIN.
MEIN GROSSER FREUND WAR EINST EIN PECK, BIS DU IHN VERWANDELT HAST.
DU WIRST DEINEN ZAUBER RÜCKGÄNGIG MACHEN, BRISTER, SONST ISST DICH EINE SEHR HUNGRIGE PANTHERIN ZU MITTAG.
RRRRAWR
JA, JA, ICH HAPE VERSTANTEN!
BECK, NUDSLOSE KLEINE PIESDER.
KLAK
GANZ RUHIG, ES IST FAST VORBEI...
KLAK

PLÖDER BECK, ICH HÄTTE IHN WIE TIE ANTEREN DÖDEN SOLLEN.
SKREE!
KLACKER! NICHT!
SHUK!!

Haus Baenre, erstes Haus Menzoberranzans ...
GIBT ES NEUES?
ALL MEINE INFORMATIONEN WÜRDEN EUCH NICHTS NÜTZEN, HERRIN BAENRE.
SCHLIESSLICH IST MENZOBERRANZAN EURE STADT.
GENUG GESCHMEICHELT, JARLAXLE. ARBEITEST DU NOCH FÜR MALICE DO'URDEN?
JA.
JEMAND MUSS FÜR DIE SICHERHEIT IHRES HAUSES SORGEN, WÄHREND SICH DIE MATRONE TAG UND NACHT FÜR ZIN-CARLA VERAUSGABT. EINE AUFGABE, FÜR DIE DU SICHER GUT ENTLOHNT WIRST.

UND WAS IST MIT MALICE? WIE STEHT ES UM IHRE GESUNDHEIT?
SCHLECHT. DIE, DIE MALICE GESEHEN HABEN, SAGEN, DAS RITUAL SAUGE IHR DAS LEBEN AUS.
HM. BISHER HAT ES NUR EINMAL EIN SO LANGES ZIN-CARLA GEGEBEN, UND DAMALS HABE ICH-- NAJA, ES GING NICHT GUT AUS.
MIT JEDEM TAG WIRD DER GEISTER-TODESALB STÄRKER.
STÄRKER? ER IST UNTOT.
DAS FLEISCH DES GEISTER-TODESALBS IST TOT, ABER SEINE SEELE LEBT. DAS IST DIE MACHT DES ZIN-CARLA, ES GEWÄHRT DEM BELEBTEN LEICHNAM ALLE FERTIGKEITEN, DIE ER ZU LEBZEITEN BESASS. ABER DAZU KOMMEN AUCH SEINE ERINNERUNGEN UND EIN WILLE.
NUR EINE MÄCHTIGE HOHEPRIESTERIN DARF HOFFEN, DIE KREATUR ZU KONTROLLIEREN, UND WENN MATRONE MALICE SCHWÄCHER WIRD...
GENUG! DU BIST EIN MANN, UND DERLEI BEDEUTET DIR NICHTS!
WAS IST MIT DRIZZT?
DER GEISTER-TODESALB IST IHM WEITER ALS BIS BLINGDENSTEIN GEFOLGT, IN DIE UNBEWOHNTEN HÖHLEN IM WESTEN.
UNBEWOHNT? KAUM. IN DIESEN TUNNELN LEBEN DINGE, JARLAXLE.
GEFÄHRLICHE DINGE.

Sie verließen den Adamantit Turm in bedrücktem Schweigen.
Was Klacker dem menschlichen Magier angetan hatte, ergab keinen Sinn. Mit einem Schlag seiner großen Klauen hatte der Peck sich selbst zu einem Leben als Hakenschrecken verdammt.
Kein vernünftiges Wesen hätte das getan, ein Tier hingegen ...
Vielleicht hatte Belwar wahr gesprochen. Vielleicht war Klacker bereits mehr Monster als Peck.
Er hoffte nur, dass er und Belwar einen anderen Weg finden würden, ihrem armen Freund zu helfen, wenn sie wieder in ihrer tröstlichen neuen Heimat waren.
Der Gedanke machte Drizzt ganz krank.

Drizzt wurde schwer enttäuscht.
MAGGA CAMMARA! WELCHE BESTIE HAT DAS GETAN?!
KÖNNTEN UNS DIESE VOGELMENSCHEN GEFUNDEN HABEN?
NEIN, DIE KLINGEN, VON DENEN DIESE SCHNITTE STAMMEN, WAREN SO GUT GEARBEITET, WIE ES NUR...
...DROW-WAFFEN SIND!
DIE HÄSCHER MEINER MUTTER HABEN UNS GEFUNDEN!
WAS? WIE?!
UNTERSCHÄTZE HERRIN MALICE NICHT. WEN AUCH IMMER SIE GESANDT HAT, ER MUSS UNSERER SPUR ZUM TURM DES MAGIERS GEFOLGT SEIN. ABER ER WIRD IN EIN PAAR STUNDEN WIEDER HIER SEIN, VIELLEICHT SOGAR FRÜHER.
KOMM, KLACKER! WIR MÜSSEN SOFORT GEHEN!
So verlor Drizzt Do'Urden die einzige wahre Heimat, die er je gekannt hatte.

Die Gefährten rannten den ganzen Tag und die ganze Nacht, denn sie wagten nicht innezuhalten.
Drizzt wusste, er musste eine größere Entfernung zwischen sich und seine bösen Verwandten legen.
Er durfte niemals aufhören zu fliehen.
DA STIMMT ETWAS NICHT. ES IST ZU STILL.
FWOOP
WHUD
FWOOP
UHH...

WO SEID IHR?! KOMMT HERAUS UND...
FWOOP
...KÄMPFT.

US-Forgotten Realms – Covermotiv Exile #3

US-Forgotten Realms – Variant-Covermotiv Exile #3

Klacker wusste, dass etwas nicht stimmte.
Seit der Zauber des bösen Magiers ihn von einem friedlichen Peck in einen blutrünstigen Hakenschrecken verwandelt hatte, war sein Geist ein Gewirr widerstreitender Gefühle gewesen.
Doch jetzt war da nichts.
Klacker wusste nicht, wie er auf diese Insel gekommen war und hatte keine Ahnung, warum er hier war. Und doch hinderte ihn irgendetwas daran zu fliehen.
WILL ROTHE.
KRK
Seine Erinnerungen, seine Wünsche waren wie ausgelöscht.
Hatte er einst nicht Freunde gehabt? Freunde und ein Zuhause?
Klacker konnte sich nicht erinnern.
GUT.
Er konnte nur gehorchen.

Das Schloss der Illithiden lag tief in einer abgelegenen Höhle des Unterreichs und beherbergte hundert Gedankenschinder und doppelt so viele Sklaven.
Mit ihren telepathischen Kräften konnten Gedankenschinder den Geist und die Wünsche jeder Kreatur nach Belieben beeinflussen ...
... und selbst das brutalste Monster in einen fügsamen Sklaven verwandeln, der jedem Befehl bereitwillig gehorchte.
Wer ein gewisses Geschick mitbrachte, musste in den Minen arbeiten und dem unnachgiebigen Stein Edelmetalle entreißen ...
... während die Tierhafteren in die Arena kamen, wo sie zur Unterhaltung der Illithiden kämpften und starben.
Aus dem Psi-Griff eines Gedankenschinders gab es kein Entkommen – gute Arbeit brachte nicht die Freiheit.
Am Ende, wenn sie zu alt zum Arbeiten waren oder ihr Geist unwiderruflich gebrochen war, ereilte alle Sklaven dasselbe Schicksal:
Als Festmahl für ihren Herrn.

on allen Kreaturen, die in letzter Zeit in den nneln um das Illithiden Schloss aufgegriffen worden waren, war Belwar Dissengulp die beliebteste.
Durch seine **Metallhände** war er perfekt geeignet für die beiden wichtigsten Aufgaben eines Illithiden Sklaven: **Arbeit** in den Minen und **Kampf** in der Arena.
In der Tat erbrachte Belwar den höchsten Preis, der je für einen Sklaven gezahlt wurde – eine Mischung aus Gold, Zaubertränken und Büchern voll verbotenen Wissens.
Dennoch galt er als **Schnäppchen**.
Natürlich bekam Belwar davon nichts mit. Er wusste nur, dass er jetzt einen **neuen Herrn** hatte.
Dem zu gefallen er **alles** tun würde.
Als der Gnom abgeführt wurde, gratulierten die sechs Gedankenschinder, die ihn, den Hakenschrecken und den Dunkelelf **gefangen** hatten, einander.
Sie hatten großen **Gewinn** erzielt ... so viel, dass sie es sich tatsächlich leisten konnten, **einen** magischen Gegenstand **nicht** zu versteigern.
Eine kleine **Onyx-Statuette**, die vor arkaner Macht pulsierte und zweifellos viele **Geheimnisse** barg.
Geheimnisse, die sie bald ergründen würden.

Im Herzen des Illithiden-Schlosses lebte das wichtigste Mitglied dieser merkwürdigen Gemeinschaft: das Zentralgehirn.
Das Zentralgehirn, die Ansammlung all ihres Wissens, hielt die Gedankenschinder telepathisch zusammen und koordinierte ihre gesamte Existenz.
Kurz gesagt, es war ihr Gott.
Nur die geschicktesten Sklaven durften das Zentralgehirn pflegen – die mit den zarten Fingern, die das Gottwesen der Illithiden massieren und es mit wei chen Bürsten und warmen Flüssigkeiten umsorgen konnten.
Unter ihnen war Drizzt Do'Urden.
Der Drow stand neben der amorphen Masse und spürte ihre Freuden und ihren Ärger.
War es einmal mit etwas unzufrieden, massierte Drizzt fester und brachte seinen geliebten Herrn so wieder in einen Zustand der Heiterkeit.
Nichts auf der Welt sonst zählte; der abtrünnige Dunkelelf hatte seinen Lebenszweck gefunden.
Drizzt war heimgekommen.

Die Arena ...
HUNDERT GOLDSTÜCKE AUF DEN OGER!
ZWEIHUNDERT AUF DEN SVIRFNEBLIN!
DER GNOM HAT KEINE CHANCE, DREI TIEGEL KRANKSTEINSALBE AUF DEN SIEG DES MONSTERS!
EIN ZAUBERBUCH ELMINSTERS DAGEGEN!
DIESE BÖSE OGER-BESTIE HAT MICH BEDROHT, MEIN TAPFERER SVIRFNEBLIN. KÄMPE...
...VERNICHTE IHN FÜR MICH!
RAAAAH!

KRAK!
WHUD
-HN-
STEH AUF! ICH BEFEHLE ES DIR!
Panisch durchkämmte der Gedankenschinder den Geist seines Sklaven auf der Suche nach einem möglichen Vorteil ...
Belwars Herr hatte viel auf den Gnom gesetzt und konnte es sich nicht leisten, seine Wette zu verlieren.
BIVRIP!

ZZAK
SHUK
ZZAK
Belwar hatte eine Prellung am Kiefer und drei **gebrochene** Rippen, aber er fühlte **keinen Schmerz.**
Er hatte seinem Herrn **gefallen,** und nur das zählte für den Höhlenvater – **nichts** anderes würde je zählen.
Der Gedanke ließ ihn **lächeln.**

Anderswo.
Zaknafein suchte sich schnell und lautlos einen Weg durch das Stalagmitenfeld.
Seit Tagen folgte er Drizzts Spur und fühlte, dass sein verlorener Sohn in der Nähe war — dass die Mission, für die er wiederbelebt worden war, fast vollendet war.
Die Gedankenschinder konnten ihr Glück nicht fassen.
Noch ein Drow war in ihre Falle gegangen, und sein Erlös bei der Auktion würde durch vier geteilt werden, nicht durch sechs.
FWOOP
Trunken vom Gedanken an weiteren Profit beschossen die Gedankenschinder Zak mit Wellen lähmender Energie.
Nichts geschah.
Der Geister-Todesalb war untot, kein Wesen von dieser Welt. Er war gegen solche geistigen Angriffe unempfindlich.
Eine Lektion, die die Illithiden zu spät begriffen.

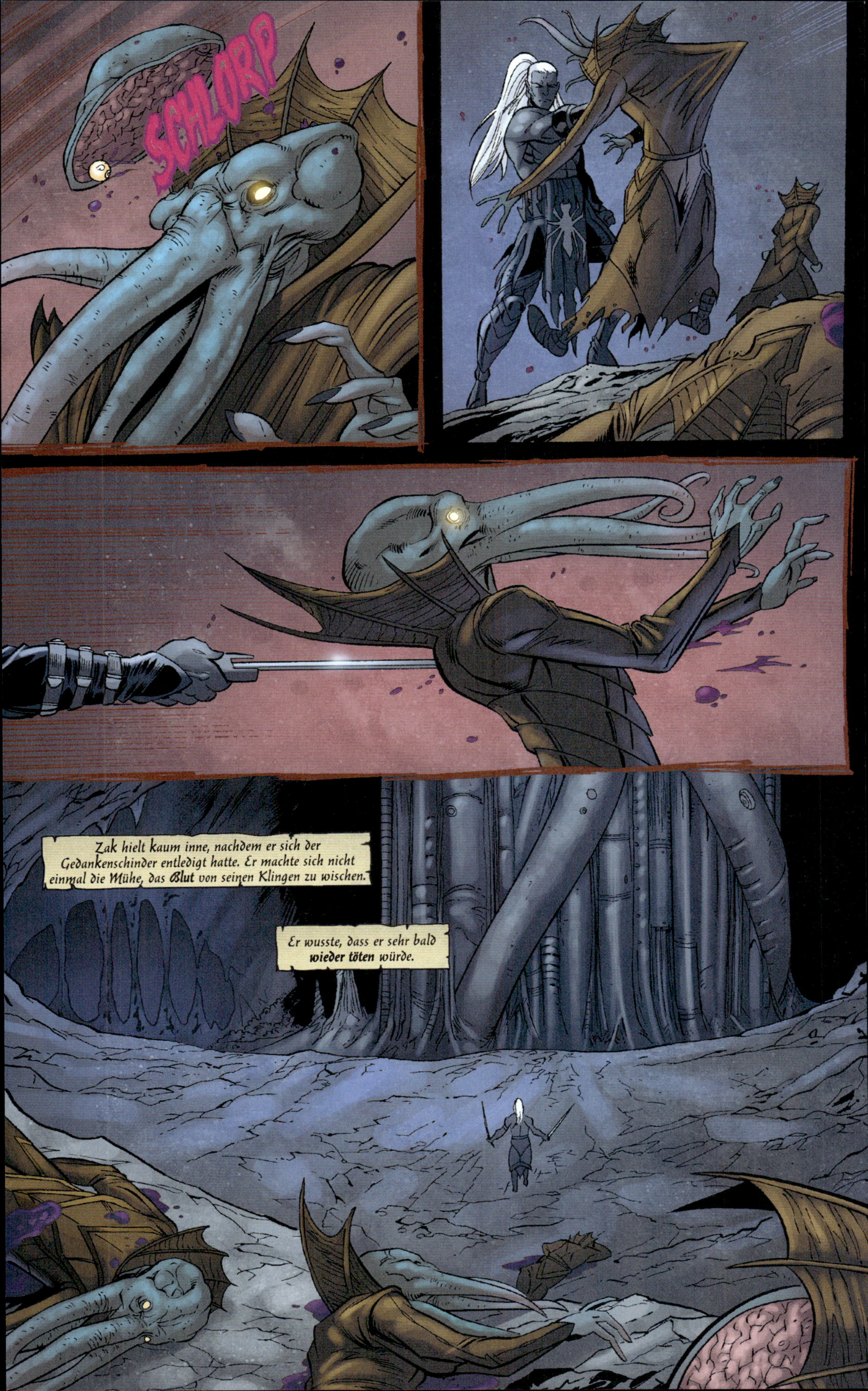
SCHLORP
Zak hielt kaum inne, nachdem er sich der Gedankenschinder entledigt hatte. Er machte sich nicht einmal die Mühe, das Blut von seinen Klingen zu wischen.
Er wusste, dass er sehr bald wieder töten würde.

Mittlerweile, auf einer anderen Existenzebene ...
Guenhwyvar streifte durch ihre astrale Heimat und jagte die Wesenheit des Elchs in Fortführung eines endlosen Zyklus.
Millionen Male haben die beiden magischen Kreaturen dieses Szenario bereits durchgespielt ...
... doch diesmal wurden sie beobachtet.
EIN MÄCHTIGES TIER. ES WIRD SICH IN DER ARENA ALS NÜTZLICH ERWEISEN.
ODER AUF DER SUCHE NACH NEUEN SKLAVEN, DIE WIR VERKAUFEN KÖNNEN. SCHLIESSLICH IST DIE KATZE EINE JÄGERIN.
Auf der Astralebene, wo Geruch und Geschmack nichts bedeuten, nutzte Guenhwyvar andere, feinere Sinne.
Sinne, die ihr erlaubten, die Gedankenschinder zu sehen ...
RRRRRRR

NEIN! UNSERE ZAUBER - DAS IST UNMÖGLICH!
RWARRR!
B-BITTE...
KRUNCH
FUMPH

GUUAAH!
Guenhwyvar hatte es geschafft, den Astralprojektionszauber des Gedankenschinders gegen ihn zu kehren und so die materielle Ebene zu erreichen.
SNIFF
SNIFF
Und die große Katze wusste, dass Drizzt in der Nähe war.

Zaknafein machte sich nicht die Mühe, sein Eindringen in das Illithiden Schloss geheim zu halten.
Die beiden ersten Gedankenschinder, denen er begegnet war, hatten ihn mit ihren nutzlosen geistigen Angriffen beschossen -- und waren schreiend gestorben.
Dann kamen die Sklaven, die darauf brannten, ihre verängstigten Herren zu beschützen.
Ein sinnloses Unterfangen. Der Geister Todesalb spürte, dass sein Sohn nahe war, und weder ein Dutzend noch hundert noch tausend Feinde würden ihn aufhalten.
Er spürte förmlich schon wie sein Schwert in Drizzts Brust dringen, ihm das Herz herausschneiden ...
... und ihn so endlich von diesem schrecklichen Halbleben befreien würde, das ihm Herrin Malice aufgebürdet hatte.

Guenhwyvar hatte jetzt Drizzts Witterung aufgenommen, er war weit unter ihr.
Sie musste zu ihm gelangen ...
... und so nahm die große Katze den direkten Weg.
SPLORCH

Der geistige Schrei des Zentralgehirns fuhr wie ein Blitz in die Köpfe der Illithiden.
Schon Zaknafeins Ankunft hatte sie in Verwirrung gestürzt, aber dies war schlimmer, als sie sich hätten träumen lassen.
Ihr Gott war tot!
Im Handumdrehen zerfiel das geistige Band, das die Gedankenschinder Gemeinschaft zusammengehalten hatte ...
... was folgte war Chaos!
BIVRIP!
ZZAK
DRIZZT?! DRIZZT?!

Im gesamten Illithiden Schloss kamen einst hirnlose Sklaven wieder zu Sinnen ...
... und nahmen Rache an ihren grausamen Herren.
SKREE!
G-GUENHWYVAR...

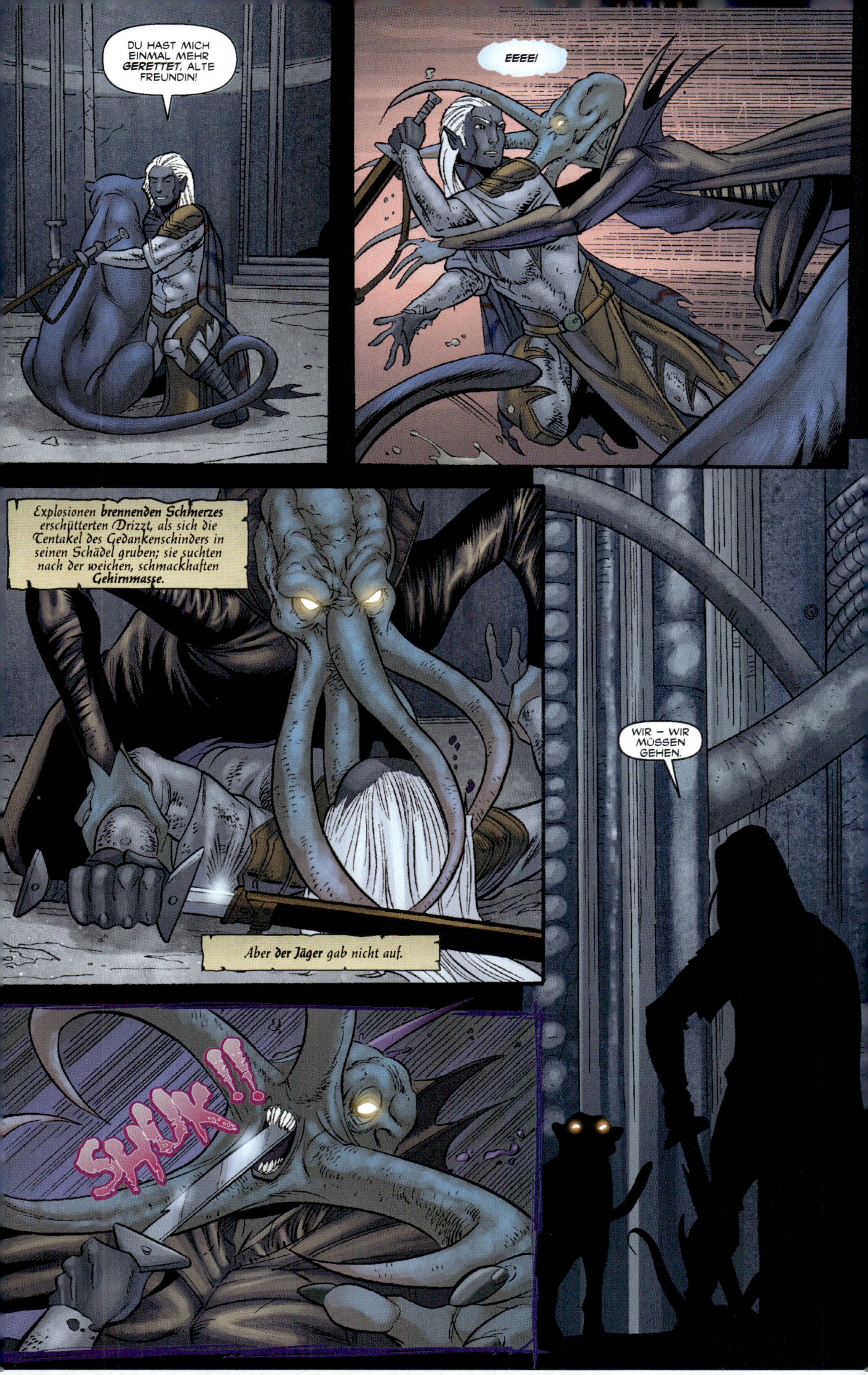

DU HAST MICH EINMAL MEHR GERETTET, ALTE FREUNDIN!
EEEE!
Explosionen brennenden Schmerzes erschütterten Drizzt, als sich die Tentakel des Gedankenschinders in seinen Schädel gruben; sie suchten nach der weichen, schmackhaften Gehirnmasse.
Aber der Jäger gab nicht auf.
WIR – WIR MÜSSEN GEHEN.
SHUK!!

WHUD
MAGGA CAMMARA, JUNGE, ICH DACHTE SCHON, DU WÄRST TOT!
NOCH NICHT.
GEDANKENSCHINDER – PAH! DRECKIGE, EKLIGE BIESTER!
STIMMT, UND DESHALB MÜSSEN WIR HIER RAUS, EHE SIE IHRE VERTEIDIGUNG ORGANISIEREN KÖNNEN.
WO IST EIGENTLICH --
KRA-KLAK
KLACKER!?

KLACKER! SCHNELL, WIR --
SKREE!
HALT! WIR SIND DEINE FREUNDE!
ICH -- TUT MIR LEID -- DIE BESTIE -- TUT MIR LEID.
ICH WEISS.
H-H-HINTEN IN... DER... HÖHLE. B-B-BESTER AUSGANG. KOMMT.

DA! AUSGANG!
U-UN-MÖGLICH!
ZAK!

DRIZZT! WIR MÜSSEN GEHEN!
NEIN, NOCH NICHT!
WIESO?!
MEIN VATER!
ZAK!
VATER, SIEHST DU DENN NICHT?! ICH BIN ES! DRIZZT!
-HN-
D-DU BIST NICHT ZAKNAFEIN -- DU KANNST NICHT -- WER BIST DU?!

WAS BIST DU?!
SCHLIKT
HEH.
BEI DEN GÖTTERN?!?
THAK
JA! BEENDE ES!
Noch einen Monat zuvor hätte Zaknafein zugeschlagen, ohne nachzudenken ...
... aber mit der Zeit und wachsender Entfernung von Menzoberranzan war die Kontrolle von Herrin Malice über den Geister-Todesalb schwächer geworden.

tzt sah Zak in die Augen seines Sohnes und fühlte eine seltsame
egung in sich – er kämpfte gegen den Zorn und die Wut an, die
den Geister-Todesalb in all den vielen Wochen verzehrt hatten.
ZAK...
Er **zögerte** nur einen Augenblick.
Das reichte.
DRIZZT! **FREUND!**
KLANG
WAS ZUM --?!
ICH HABE IHN! *LAUF!*
NEIN! NEIN!

Haus Do'Urden ...
NEIIIIIN!
->HUST<-
->HUST<-
->HUST<-
SO NAH... SO NAH...
IHR MÜSST ZIN-CARLA BEENDEN ODER ES WIRD EUCH ZERSTÖREN!
HINFORT! ALLE BEIDE!
LOLTH HAT MIR MACHT GEWÄHRT. ZIN-CARLA WIRD NICHT SCHEITERN.
ICH WERDE NICHT SCHEITERN...

Die Gefährten waren aus dem Illithiden-Schloss geflohen und blindlings endlos weit durch die gewundenen Tunnel des Unterreichs gerannt.
Bis die schiere Erschöpfung sie zu rasten zwang.
WER WAR DIESER DROW?
ZAKNAFEIN DO'URDEN.
ER HAT MICH AUSGEBILDET. ZAK WAR MEIN EINZIGER FREUND IN MENZOBERRANZAN – MEHR ALS ZWEI DEKADEN LANG MEIN ENGSTER GEFÄHRTE.
UND JETZT WILL ER DICH TÖTEN?!
DAS WAR NICHT MEIN VATER, ER ... ER IST TOT. ALS OPFER VON MEINER MUTTER AN DIE SPINNENKÖNIGIN.
ICH WEISS NOCH NICHT, WELCHES MONSTER HERRIN MALICE ALS ZAKNAFEIN GETARNT HAT.
ABER DANK DEINER MAUER SIND WIR ENTKOMMEN.
MEINER MAUER? NEIN, DUNKELELF, SOLCHER MAGIE BIN ICH NICHT FÄHIG.
WER DANN --?
I-ICH WAR ES.

D-DIE PECK SIND EIN FRIEDLICHES VOLK. WIR WOLLEN NUR STEIN BEARBEITEN. ES IST UNSERE BERUFUNG, UNSERE LIEBE.
DER STEIN SPRICHT ZU UNS UND HILFT UNS DABEI.
DU SPRICHST VON DER ERDE, ALS SEI SIE EIN LEBENDES WESEN.
FÜR DIE, DIE SIE FÜHLEN KÖNNEN, IST SIE DAS.
JA, PECK KENNEN DEN STEIN AM BESTEN. SOGAR BESSER ALS ZWERGE ODER GNOME.
EINEN AUGENBLICK LANG WAR ICH NICHT DIESES MONSTER, ICH WAR PECK – MEHR ALS JE ZUVOR.
SOLCH EINE MAUER KÖNNTEN SONST NUR DIE ÄLTESTEN ERSCHAFFEN, U-U-UND NUR, WENN SIE IHRE KRÄFTE BÜNDELN. DOCH ICH TAT ES ALLEIN. ICH WAR EINS MIT DER ERDE.
DOCH JETZT FALLE ICH, ICH --
DU WIRST WIEDER ZUM HAKENSCHRECKEN.
JA.
I-IHR MÜSST VERSPRECHEN... M-MEINE FREUNDE.
W-WENN DER PECK NICHT MEHR IST, MÜSST IHR... MÜSST IHR MICH TÖTEN.

In dieser Nacht schickte Drizzt Guenhwyvar in ihre Astralheimat zurück. Die Katze hatte sich sehr angestrengt; sie brauchte Ruhe.
Am nächsten Morgen brach das seltsame Trio aus Gnom, Drow und Hakenschrecken wieder auf.
DIESER PFAD, AUF DEM DU UNS FÜHRST, DUNKELELF, FÜHRT GEN OSTEN, RICHTUNG --
MENZOBERRANZAN, ICH WEISS.
DU HAST KLACKER GEHÖRT – WENN WIR IHN NICHT VERLIEREN WOLLEN, BRAUCHEN WIR JEMANDEN, DER DEN VERWANDLUNGSZAUBER BANNT. UND MEIN VOLK HAT VIELE MAGIER.
ABER DORTHIN ZURÜCKZUKEHREN, WO DICH DOCH DEINE MUTTER JAGT – MAGGA CAMMARA, DU BRINGST UNS NOCH ALLE UM!
MENZOBERRANZAN IST GROSS, ICH HABE NICHT VOR, MEINER FAMILIE ZU BEGEGNEN.
HRMPF
VORAUSGESETZT, WIR FINDEN EINEN MAGIER, BEVOR UNS DEINE VERWANDTEN ERMORDEN... WAS GENAU BIETEN WIR IHM DAFÜR, DASS ER KLACKER VON DEM FLUCH ERLÖST?
SEIN LEBEN.

Haus Baenre ...
ZIN-CARLA IST EINE PRÜFUNG, MALICE. SIE FORDERT EINEN HOHEN PREIS VON LEIB UND SEELE.
DOCH WENN SIE BESTANDEN IST – WENN DEIN VERLORENER SOHN TOT IST – WIRD DIE GÖTTIN LOLTH DIR IHRE GUNST UND MEHR GEWÄHREN!
HAUS DO'URDEN WIRD UNVORSTELLBAREN RUHM UND EBENSOLCHE MACHT HABEN!
W-WAS, WENN ICH SCHEITERE, MATRONE BAENRE?
DENK NICHT EINMAL DARAN! ZWEIFEL SCHWÄCHEN DICH NUR!
DER GEISTER-TODESALB IST EINE AUSGEBURT DEINES HASSES, DEINER KRAFT! WENN DU STRAUCHELST, WIRD AUCH ER STRAUCHELN!
UND DAS WÜRDE DICH UND DEIN HAUS INS VERDERBEN STÜRZEN!
I-ICH WERDE NICHT SCHEITERN! ICH WERDE DRIZZT LOLTH ÜBERGEBEN, KOSTE ES, WAS ES WOLLE!
GUT. NUN ZU DIESER ANDEREN ANGELEGENHEIT.

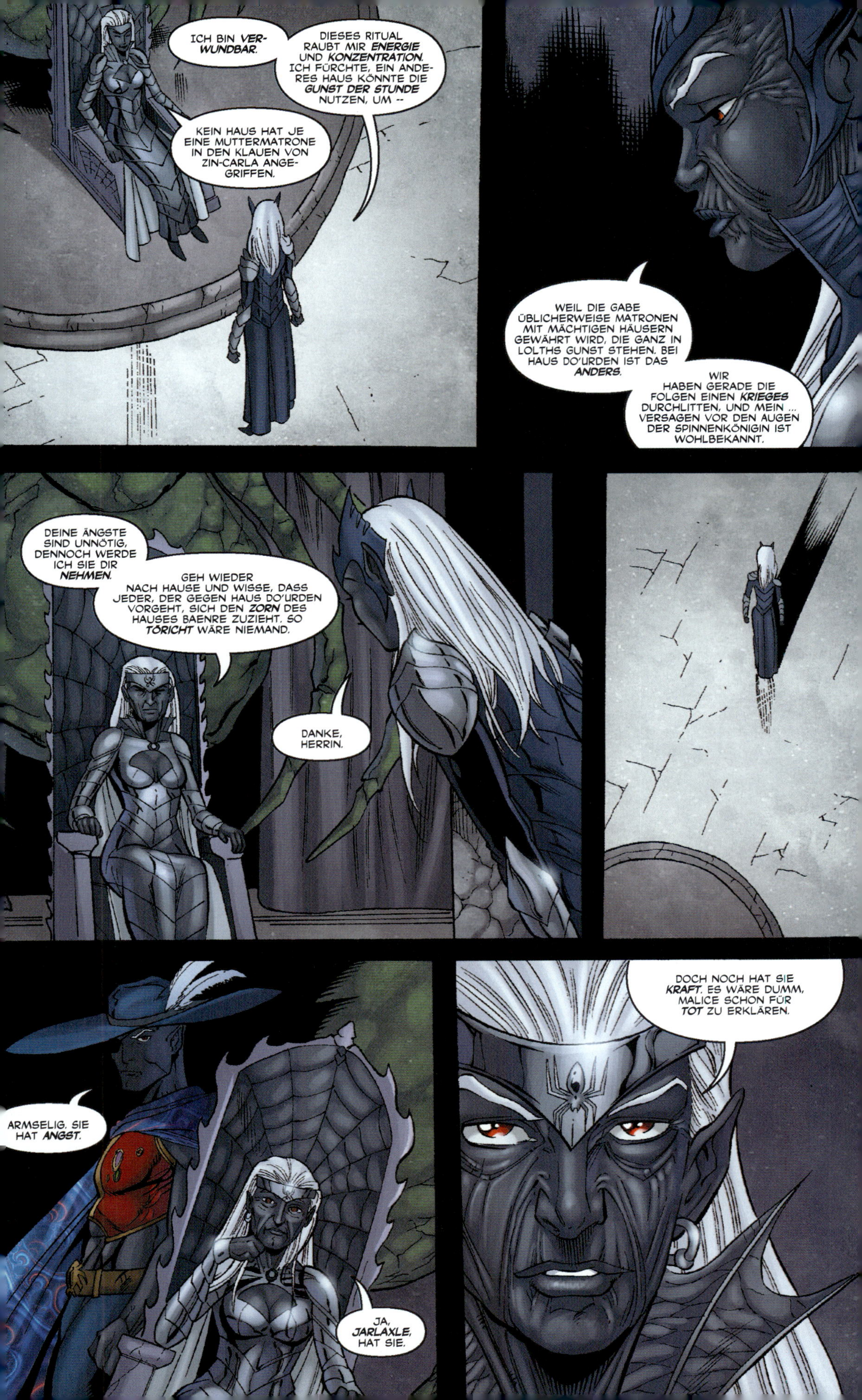
ICH BIN VERWUNDBAR.
DIESES RITUAL RAUBT MIR ENERGIE UND KONZENTRATION. ICH FÜRCHTE, EIN ANDERES HAUS KÖNNTE DIE GUNST DER STUNDE NUTZEN, UM --
KEIN HAUS HAT JE EINE MUTTERMATRONE IN DEN KLAUEN VON ZIN-CARLA ANGEGRIFFEN.
WEIL DIE GABE ÜBLICHERWEISE MATRONEN MIT MÄCHTIGEN HÄUSERN GEWÄHRT WIRD, DIE GANZ IN LOLTHS GUNST STEHEN. BEI HAUS DO'URDEN IST DAS ANDERS.
WIR HABEN GERADE DIE FOLGEN EINEN KRIEGES DURCHLITTEN, UND MEIN ... VERSAGEN VOR DEN AUGEN DER SPINNENKÖNIGIN IST WOHLBEKANNT.
DEINE ÄNGSTE SIND UNNÖTIG, DENNOCH WERDE ICH SIE DIR NEHMEN.
GEH WIEDER NACH HAUSE UND WISSE, DASS JEDER, DER GEGEN HAUS DO'URDEN VORGEHT, SICH DEN ZORN DES HAUSES BAENRE ZUZIEHT. SO TÖRICHT WÄRE NIEMAND.
DANKE, HERRIN.
ARMSELIG. SIE HAT ANGST.
JA, JARLAXLE, HAT SIE.
DOCH NOCH HAT SIE KRAFT. ES WÄRE DUMM, MALICE SCHON FÜR TOT ZU ERKLÄREN.

In den nächsten Tagen legte Drizzt ein brutales Tempo vor, entschlossen, sich von dem Ding, das sie verfolgte, nicht einholen zu lassen ...
... und Menzoberranzan zu erreichen, ehe Klacker ganz zum Monster würde.
Bald erreichte das Trio eine vertraute, grün leuchtende Höhle; das Heim der üblen Vogelmenschen, die Drizzt und Belwar scheinbar vor einer Ewigkeit bekämpft hatten.
Sie zu umgehen, hätte ihre Reise um Wochen verlängert. Und so betraten die Gefährten sie mit gezogenen Waffen, bereit um ...
NICHTS?! UNMÖGLICH!
KLACKER, GEH VOR. ICH WERDE DIE ÜBERGÄNGE DA OBEN SICHERN.
DIE VOGELMENSCHEN KÖNNEN NICHT EINFACH VERSCHWUNDEN SEIN, ES SEI DENN – ES SEI DENN, WIR HABEN SIE VERSCHEUCHT.
ODER ETWAS ANDERES.
SKREEEEEEEEEE!

H-HILFE... FREUNDE...
MAGGA CAMMARA!
I-IST ER --?!
TOT, JA. UND IM TOD BRACH DER ZAUBER. ER IST JETZT WIEDER PECK.
NEIN! NEIN!
DOCH!

MÖRDERISCHE BESTIE!
RUNTER VON MIR, DUNKELELF, SONST WERDE --
LAUF!
ICH HABE HEUTE SCHON EINEN FREUND VERLOREN, ICH WERDE KEINEN WEITEREN VERLIEREN. LAUF!
DAS IST MEIN KAMPF.

DU BIST NICHT MEIN VATER!
NEIN.
ICH BIN... DEINE MUTTER!
UH!

Drizzt spürte das heiße Blut über seine Wange rinnen, und irgendwo tief drinnen brüllte der Jäger.
Die beiden Krieger prallten zusammen, Klinge auf Klinge.
Drizzt griff aus jeder Lage an.
Er suchte nach einer Schwäche seines Gegners – einem Fehler, den er ausnutzen konnte.
Aber es gab keinen.
Da wusste er ...

ZAK, DU **BIST** ES! KEIN ANDERER KÖNNTE SO KÄMPFEN!
MALICE HAT DEINEN KÖRPER VERHEXT, DOCH IM **HERZEN** BIST DU MEIN VATER.
ICH WERDE **NICHT** GEGEN DICH KÄMPFEN.
KRAK
SIE IST DEIN FEIND, NICHT ICH!
TÖTE IHN! BEI LOLTHS MACHT, TÖTE IHN JETZT!
Der Befehl der Matrone Malice erfüllte Zaks Kopf. Er wusste, er sollte zuschlagen -- **musste** zuschlagen.
Doch das **neue Gefühl** war wieder da, und diesmal erkannte Zaknafein es: **Liebe**.
GRAAAH!

ZAK, LASS MICH DIR HELFEN --
BLEIB WEG!
D-DIESER KÖRPER GEHÖRT IHR, FÜRCHTE ICH. ICH WEISS NICHT, WIE LANGE ICH WIDERSTEHEN KANN.
ABER DU HAST SIE BESIEGT, WIR SIND WIEDER EINS!
NEIN, MEIN SOHN, ICH BIN TOT. ICH BIN SEIT VIELEN JAHREN TOT.
UND LIEBER KEHRE ICH INS NICHTS ZURÜCK, ALS DICH ZU VERLETZEN.
DU KÄMPFST GUT, DRIZZT, BESSER, ALS ICH MIR JE HÄTTE TRÄUMEN LASSEN. DU HATTEST DEN MUT, MENZOBERRANZAN ZU VERLASSEN, EINEN MUT, DEN ICH NIE –
AAAH!
KÄMPF GEGEN SIE AN, ZAK!
ICH ... KANN NICHT!
WISSE, DASS DU MICH STOLZ GEMACHT HAST, MEIN SOHN.
ICH TUE DIES FÜR UNS!

EUUUAGGH!
WAS --?
ZIN-CARLA IST GESCHEITERT. MUTTER WAR SCHWACH.
KRAK!
BRIZA, DU DARFST NICHT --
ICH TUE, WAS ICH WILL, VIERNA. DIES IST JETZT MEIN HAUS.
KOOM

HERRIN MALICE, WIR WERDEN --
BRIZA, HERRIN BRIZA.
NUN, HERRIN BRIZA, IHR HABT DEN „PERFEKTEN" AUGENBLICK FÜR DIE THRONBESTEIGUNG GEWÄHLT, DENN WIR WERDEN ANGEGRIFFEN.
WER WÜRDE DAS WAGEN?! HAUS BAENRE SCHÜTZT UNS!
NUN, MAYA, HAUS BAENRE GREIFT UNS AN.

UNSER ENDE!
WIE KANNST DU DAS SAGEN?!
ZAKNAFEIN WAR UNSERE LETZTE CHANCE, MAYA. LOLTH HAT UNS VERLASSEN.
MATRONE BAENRE ERFÜLLT NUR DIE WÜNSCHE DER SPINNENKÖNIGIN.
DU IRRST, VIERNA! DU BIST --
WIR SOLLTEN FLIEHEN --
UNWÜRDIGER MANN! ICH BIN EINE HOHEPRIESTERIN LOLTHS, ICH WERDE NICHT FLIEHEN.
TOK
SHUK!!

ICH MOCHTE DICH NOCH NIE, BRIZA.
JARLAXLE, BIST DU... BIST DU GEKOMMEN, UM MICH ZU TÖTEN?
HAH! NEIN, DIR WILL ICH EINE ANSTELLUNG BIETEN.
EINE HEIMAT BEI BREGAN D'AERTHE.
DU BIST EIN GUTER KRIEGER, DININ DO'URDEN, UND KLÜGER, ALS DU AUSSIEHST. DU WÜRDEST EINEN GUTEN SÖLDNER ABGEBEN, WENN DU MEIN GROSSZÜGIGES ANGEBOT ANNIMMST.
HABE ICH EINE WAHL?
NATÜRLICH. MAN HAT IMMER DIE WAHL – NUR SEHEN DEINE ALTERNATIVEN DERZEIT NICHT GUT FÜR DICH AUS.
GEHEN WIR.
Und so fiel Haus Do'Urden.

Sie errichteten Klackers Grabhügel in einer kleinen, abgelegenen Höhle, die keine Kreatur je entweihen würde.
Sie bauten auch einen für Zaknafein, denn auch wenn sein Körper in der Säure vergangen war, fand Drizzt, sein Vater verdiene ein ordentliches Grab.
Belwar betete zu den gnomischen Göttern und gab Klacker der Erde zurück, die er so geliebt hatte.
Während Drizzt einfach wortlos wünschte, Zak möge nun endlich Frieden gefunden haben.
Dann wandten sich die beiden Freunde, die so viel miteinander durchgemacht hatten, um und gen Norden ...
... nach Blingdenstein.

DAS IST NICHT DEIN ERNST?!
DOCH.
D-DAS IST WAHNSINN!
JA.
NUN, DANN KOMME ICH MIT.
NEIN, BELWAR, DU HAST SCHON MEHR FÜR MICH GETAN, ALS ICH HOFFEN DURFTE. JA, MEHR, ALS ICH MIR VORSTELLEN KONNTE - DU HAST MIR MEIN LEBEN WIEDER GESCHENKT.
HIER GIBT ES LEUTE, DIE DICH LIEBEN. BLEIB BEI IHNEN, SEI GLÜCKLICH.
DIESE REISE TRETE ICH ALLEINE AN.
SCHNÜFF
DU BIST EIN IDIOT, DRIZZT DO'URDEN! EIN VERDAMMTER NARR!
ICH WEISS.
LEB WOHL, HOCHVEREHRTER HÖHLENVATER, UND DANKE.

Belwar hatte Recht, was Drizzt plante, war noch nie versucht worden.
Doch Zaks Abschiedsworte hallten in seinem Geist nach. Und Drizzt wusste, mit Guenhwyvar an seiner Seite würde er es schaffen.
Im Unterreich zu bleiben wäre sein Tod, entweder schnell von der Hand der üblen Diener Lolths oder langsam durch den Wahnsinn und den Jäger.
Damit blieb ihm nur ein Ausweg ...

Ende
Die Legende von Drizzt wird fortgesetzt in Neuland

Das Beste aus Dungeons & Dragons®

... jetzt endlich als fantastische Comic-Adaptionen

ragonlance
Band 1:
ie Legende
von Huma
ISBN 3-8332-1356-6

Vergessene
Reiche
Band 1:
Die Saga vom
Dunkelelf 1 –
Heimatland
ISBN 3-8332-1388-4

Jergessene
Reiche
Band 2:
e Saga vom
unkelelf 2 –
Exil
ISBN 3-8332-1438-4

Vergessene
Reiche
Band 2:
Die Saga vom
Dunkelelf 1 –
Neuland
ISBN 3-8332-1439-2
Ab November
2006 im Handel

Von den Top-Autoren Richard A. Knaak und R.A. Salvatore nach deren gleichnamigen Bestseller-Romanen.

Jeweils 148 Seiten in edler Aufmachung, € 16,95.

Im Buch- und Comicfachhandel erhältlich!

Panini Comics
www.paninicomics.de

Copyright © 2006 Wizards of the Coast. All Rights Reserved.

DRIZZT
DIE PHANTASTISCHE HÖRSPIEL-SAGA
Die aufwendigste Fantasy-Vertonung seit
"Der Herr der Ringe"
VERGESSENE REICHE
Im Reich der Spinne
im Handel:
Teil I - ab 29.09.2006
Teil II - ab 20.10.2006
Teil III - ab 03.11.2006
VERGESSENE REICHE
VERGESSENE REICHE
DRIZZT
R.A. Salvatores
Die Saga vom Dunkelelf 1
Der dritte Sohn
Phantastische Effekte,
gewaltige Musiken
und großartige Stimmen
Monumental-Kino
für die Ohren!
Infos unter
www.merlausch.de
Im Vertrieb von
LAUSCH
Phantastische Hörspiele
Im Vertrieb von
AL!VE